REDRUM

AF288335

Eaten
2. Auflage
(Deutsche Erstausgabe)
Copyright © 2021 REDRUM BOOKS
Copyright © 2025 dieser Ausgabe bei
REDRUM ACTIVITY

Lektorat: Stefanie Maucher
Korrektorat: Simon Kossov / Silvia Vogt
Umschlaggestaltung und Konzeption:
MIMO GRAPHICS

ISBN: 978-3-95957-712-0

E-Mail: info@redrum.de
www.redrum.de

Facebook-Gruppe:
REDRUM BOOKS - Nichts für Pussys!

Moe Teratos

Eaten

Zum Buch:

Rob Kleinmann ist ein unauffälliger Familienvater, der ein gutbürgerliches Leben führt. Im Wesentlichen unterscheidet er sich kaum von Ihnen, mir oder Ihren Nachbarn. Doch eines seiner Lebensziele weicht von der Norm ab: Rob wünscht sich nichts sehnlicher, als gegessen zu werden.

Zur Autorin:

Wenn Moe Teratos eine Geschichte schreibt, hat sie immer ein klares Ziel vor Augen: Menschen müssen sterben. Möglichst viele. Und dabei ist es ihr egal, ob sie den Figuren Zombies, Wesen aus einer anderen Welt, Mutanten oder – was ihre Lieblingsvariante ist – einen Serienkiller auf den Hals hetzt.

Bei einer Sache kann man sich bei ihren Büchern also sicher sein: Gestorben wird immer. Mal geht es schnell und schmerzlos, mal langsam und qualvoll.

Wenn sie sich nicht der Welt von Gewalt und Tod hingibt, lebt sie zusammen mit ihren Katzen und ihrem Mann ein ziemlich spießiges Leben in Duisburg.

Kapitel 1

Hallo, ich begrüße Sie recht herzlich in meinem Leben. Mein Name ist Robert Kleinmann, die meisten nennen mich einfach Rob. Mittlerweile bin ich vierzig Jahre alt und wohne mit meiner gleichaltrigen Frau Bine und unserer zwölfjährigen Tochter Ronja in einem abbezahlten Einfamilienhaus. Wir besitzen zwei Autos, haben keine Schulden, gehen gut bezahlten Jobs nach, besuchen regelmäßig die Kirche und haben einen großen Freundeskreis.

Jetzt fragen Sie sich sicher, was mein Problem ist. Vielleicht denken Sie: *Warum zum Henker labert der erfolgreiche Sack mich mit Sorgen voll, die überhaupt nicht existieren?*

Ich sage Ihnen, wo der Hase im Pfeffer liegt: Mein Leben ist eben nicht so perfekt, wie jeder glaubt. Nach außen hin, klar, bin ich der geschniegelte Ehemann, der sich aufopferungsvoll um seine Frau und um das gemeinsame Kind kümmert. Das mache ich auch. Selbstverständlich. Das ist meine Pflicht. Außerdem liebe ich die beiden. Und ich brauche sie. Durch sie bleibe ich im Alltag gefestigt. Sie halten mich davon ab, meine Fantasien auszuleben.

Welche das sind, wollen Sie wissen? Es fällt mir nicht leicht, sie auszusprechen. Das habe ich bisher noch nie getan. Niemand weiß von meinen Wunschträumen. Und jetzt soll ich Ihnen einfach verraten, was ich all die Jahre für mich behielt? Machen wir es anders. Ich versuche, es zu umschreiben. Vielleicht bekomme ich es dann hin.

Wie fange ich am besten an? Ich kenne Sie nicht persönlich, aber ich wette, Sie haben in irgendeiner Form schon einmal Bekanntschaft mit einer Sucht gemacht.

Habe ich recht? Als Beispiel: Sie essen ein Stück Schokolade, nehmen sich vor, wirklich nur dieses eine zu vernaschen und zack, am Ende ist die komplette Tafel verputzt. Sie fühlen sich schlecht, sind sauer auf sich und haben im gleichen Moment die nächste Süßigkeit im Mund? Glückwunsch, dann haben Sie dem Zuckermonster Tür und Tor geöffnet. So ergeht es meiner Frau. Sie ist nicht fett, aber übergewichtig. Mich stören ihre Pfunde weniger, eher bin ich neidisch auf sie, weil ich jemand bin, der futtern kann, bis er platzt und nicht ein Kilo zunimmt. Warum das schlimm ist, dazu kommen wir später.

Falls Sie diese Sucht nicht nachvollziehen können, dann vielleicht die nach Alkohol oder Zigaretten? Sie wissen, dass beides nicht gut für Sie ist, aber Ihr Gehirn redet Sie so lange in Grund und Boden, bis Sie ihm den nächsten Nikotin- oder Alkoholrausch geben. So geschehen bei Jörg, dem Ehemann meines vier Jahre jüngeren Bruders Chris.

Mein Schwager rauchte seit seinem sechzehnten Lebensjahr. Zwanzig Jahre später kam er auf die glorreiche Idee, in den kalten Entzug zu gehen. Mit folgenschweren Folgen – amüsante Dopplung, denn genauso war es. Jörg nahm binnen zwei Wochen sechs Kilo zu und mein Bruder war mit den Nerven am Ende. Jörg hatte sich vom liebevollen Gatten in eine Diva aus der Hölle verwandelt. Bevor ihre Ehe zum Scheitern verurteilt war, fuhr Chris zu einer Tankstelle, kaufte eine Schachtel Zigaretten und ein Feuerzeug und bat seinen Mann, wieder anzufangen. Jörg zog wie ein nach Luft schnappender Sterbender an diesem verdammten Sargnagel. Von da an verlief ihre Ehe wieder deutlich harmonischer.

8

Das war vor einem Monat. Jörg verlor die meisten Kilos und sagte vor ein paar Tagen zu mir: »Mensch, Schwager, du glaubst nicht, wie schwer es war, dem Verlangen zu widerstehen. Kaum dass ich morgens die Augen aufschlug, redete mir mein Unterbewusstsein ein, dass der Tag ohne Nikotin nur scheiße werden könnte. Ich wollte das schaffen. Für meine Gesundheit. Aber ich war zu schwach. Jeden Tag diese Gedanken. Jeden Tag diese Unruhe. Jeden Tag dieser Druck auf der Brust. Das war die Wut, die sich in mir aufstaute und die kurz davor war, aus mir herauszuplatzen.« Jörg hatte mir auf die Schulter geklopft und hinzugefügt: »Du kannst froh sein, dass deine einzige Sucht die Liebe zu deiner Frau ist.«

Lachend hatte ich ihm zugenickt und mir im Stillen gedacht: *Du hast ja keine Ahnung, mein Freund.*

Ich denke, Sie verstehen, worauf ich hinauswill. Das könnte man beliebig weiterführen – mit der Sexsucht, den Adrenalinjunkies, den Drogenabhängigen, der Spielsucht. Egal, was es ist, wonach der Mensch giert: Jedes abhängig machende Mittel hat den Heimgesuchten unter Kontrolle und lässt ihn nicht mehr los. Nur die wenigsten schaffen es, sich dauerhaft davon zu lösen.

Womit wir zu meinem Problem kommen, das hinter meiner makellosen Fassade schlummert. Das, was meine Familie, meine Freunde, meine Nachbarn, aus allen Wolken fallen ließe, würden sie davon erfahren. Irgendwann werden sie das. Denn es hat sich etwas geändert. Ich hatte mich bisher als Einziger meiner Art gesehen, als Individuum, dem eine Tasse im Schrank fehlt. Nie kam ich auf die Idee, meine Sucht zu googeln. Hätte ich das früher getan, hätte ich sie eher gefunden. Sie, die Gleichgesinnten, die mir die Träume erfüllen können, die mich seit meiner Kindheit begleiten. Und ich denke, Sie ahnen,

9

welcher Drang mich umtreibt. Sonst wäre ich nicht hier. Die Frage ist, bin ich ein Gebender oder ein Nehmender? Das kann ich leicht beantworten: ein Gebender.

Also, meine Damen und Herren des dunklen Forums: Wer von Ihnen möchte mich essen?

Kapitel 2

Starr betrachtete ich die geschriebenen Zeilen. Sie waren mir leicht von der Hand gegangen und ich hatte sie in Windeseile formuliert. Vieles, was sich in den letzten Jahrzehnten in mir aufgestaut hatte, floss aus meinen Fingern. Und das war nur die Spitze des Eisbergs. Meine Gefühle reichten tiefer, als ich sie je würde aufschreiben können, und ich würde sie nur mit einem Menschen teilen: mit meinem persönlichen Schlachter. Vielleicht würde ich ihn in einem der Foren finden, über die ich tags zuvor gestolpert war.

Zur Sicherheit entfernte ich sämtliche Namen bis auf meinen Vornamen aus dem Vorstellungstext. Mit dem Mauszeiger verharrte ich auf der ›Senden‹-Taste. Es war ein bedeutender Schritt, der wohlüberlegt sein wollte. Aber es war das, wovon ich seit jeher träumte. Ich sehnte mich danach, zu sterben, jedoch nicht ›einfach so‹. Während mich ein anderer verzehrte, wollte ich ihm zusehen und jeden Moment meines Ablebens auskosten. Dieses Ziel war zum Greifen nah. Meine Familie würde aus allen Wolken fallen, wenn sie nach meinem Tod die Nachricht bekäme, ein Kannibale hätte mich verdrückt. Doch jetzt war die Zeit angebrochen, meine Bedürfnisse über ihre zu stellen. Ich tat sonst alles für meine Liebsten und opferte mich seit Jahrzehnten für sie auf. Nun war mein Zahltag gekommen.

Warum zögerst du dann, den Text abzusenden?, fragte ich mich.

Meine Tochter Ronja stürmte in die Küche. Vor Schreck zuckte mein Finger und ich drückte auf ›Absenden‹. Mein Schriftstück war nun für die Forumsbesucher zu sehen.

11

Schnell klappte ich den Laptop zu. »Hast du mich erschreckt!«, meinte ich lachend.

»Mama sagt, du sollst endlich deinen Hintern bewegen. Wir kommen zu spät zur Messe!«

Ich trällerte den Refrain von *Immer wieder sonntags* in meinem Kopf und schaltete den Laptop aus.

Gläubig war ich nicht, trotz meiner katholischen Eltern. Wie auch? Wie sollte ich an einen Gott glauben, wenn abartige Dämonen in meinem Herzen wohnten? Das war unmöglich. Meiner Frau Bine zuliebe ging ich jeden Sonntag mit ihr und Ronja in die Kirche und hörte mir das Gelaber des Pfaffen an. Ich war eben ein guter Ehemann. Seit jeher. Der beste, den man sich vorstellen konnte. Von außen betrachtet. Denn der Gedanke, von jemandem gegessen zu werden, hatte sich früh entwickelt. Wann genau und ob man etwas dagegen tun konnte, wusste ich nicht. Der Wunsch, dass nach so vielen Jahren der von Jörg beschriebene innere Druck aufhörte und meine Sucht befriedigt wurde, die sich sonst nur in meiner Fantasie abspielte, sollte erfüllt werden.

»Da bist du ja!«, nörgelte Bine und schaute auf die Uhr. Ihr Taufname war Sabine, doch wie bei mir machte sich niemand die Mühe, den Namen korrekt auszusprechen.

Mit Schweißtropfen auf der Stirn klemmte ich mich hinters Steuer und stieß mit dem Ellenbogen gegen Bines Bauch. Er war weich und gut gepolstert.

Ich fluchte lautstark.

»Was ist?«, fragte sie.

»Ach, nur was vergessen. Das hat aber Zeit bis nach der Messe.«

Du Idiot!, schalt ich mich. *Du wolltest in den Text doch reinschreiben, warum es für dich so schlimm ist, nicht zuzunehmen.*

Das war wirklich ein Ärgernis für mich. Ich hatte jahrelang versucht, an Gewicht zuzulegen. Egal, was ich aß – Süßigkeiten, Chips, Überbackenes, Fast Food –, nichts davon landete auf meinen Hüften. Mein Stoffwechsel arbeitete auf Hochtouren und mein Job als Dachdecker tat ein Übriges. Die viele Bewegung verbrannte die Kalorien wie ein Hochleistungsofen.

Bine hasste mich dafür, dass ich im Gegensatz zu ihr essen konnte, was ich wollte. Auch ich hasste mich dafür. In meiner Fantasie war jedes Kilo mehr an meinem Körper ein Gaumenschmaus für meinen Schlachter. Leider war ich ein dünner Hering, drahtig, mit wenig Fett. Hoffentlich standen Kannibalen nicht nur auf Wohlbeleibte und lehnten mich nicht ab. Mein Erfahrungswert in dieser Hinsicht war gleich null. Nie hatte ich mich getraut, meiner Sucht nachzugeben. Ich hatte keinen Weg gekannt oder gesucht. Da ich kaum fernsah und selten online unterwegs war – meine Tochter nannte dieses Verhalten oldschool –, wusste ich nicht um die Möglichkeiten für Menschen wie mich. Vielleicht wollte ich mich damit auch gar nicht beschäftigen.

Bis gestern. Während ich zur Kirche fuhr, spielte sich die Situation im Supermarkt in meinem Kopf ab.

Zwei Damen hatten sich an der Käsetheke über einen Fall aus den Medien unterhalten. Es ging um einen Lehrer, der angeblich einen Mann beim Sex getötet und ihn danach teilweise verspeist hatte. Gefunden hatten die beiden sich auf einer Dating-Plattform. Dann sagte eine der Frauen etwas, das mich aufhorchen ließ: »Es gibt diese abartigen Foren, in denen sich Leute treffen. Die einen wollen jemanden essen und die anderen wollen gegessen werden.«

Mir schoss durch den Kopf: *Es existieren andere wie ich?*

13

Dass es Menschenfresser gab, war mir natürlich bekannt, aber ich hatte immer gedacht, dass es niemanden außer mir geben konnte, der sich solchen Personen freiwillig hingeben wollte. Da hatte ich mich wohl geirrt!

Ich recherchierte und fand die Geschichte des Kannibalen von Rotenburg. Er hatte einen Mann mit dessen Einverständnis verspeist. Sofort war mein Wunsch danach, dasselbe zu erleben, ins Unerträgliche gestiegen. Der Druck in mir war gewachsen und ich war den restlichen Tag zu nichts zu gebrauchen gewesen. Eigentlich hatten Bine und ich den Keller aufräumen wollen. Ich hatte Kopfschmerzen vorgeschoben, mich stattdessen im Internet über meinesgleichen informiert und war auf ein vielversprechendes Forum gestoßen, in dem ich vor wenigen Minuten meinen Text veröffentlicht hatte. Blieb abzuwarten, ob sich jemand meldete.

Ich parkte auf dem Kirchenparkplatz. Bine hatte ihr neues Kleid an. Sie sah hinreißend aus, was ich ihr auch sagte.

»Danke, mein Schatz! Lass uns schnell reingehen. Wir sind spät dran.«

Ich ließ sie und unsere Tochter vorangehen. Wie immer nahmen wir in der ersten Reihe Platz. Bine wollte dem Pfaffen ganz nahe sein. Er hatte sie getauft, als sie ein Baby war. Heute sah er aus, als würde er bald tot umfallen. Klapprig und faltig stand er auf seiner Kanzel und nickte uns zu, als hätte er auf die Zuspätkommenden gewartet. Er leierte sein Standardrepertoire runter, zwischendurch sangen die Anwesenden und hier und da nieste jemand. Viele waren nicht zur Sonntagsmesse erschienen. Nur die üblichen Alten, die sich von Gottes Gnaden das ein oder andere Jahr mehr auf dieser Erde erhofften.

14

Die Angst vor dem Tod kannte ich nicht. In meiner Vorstellung war das Sterben der Übergang ins sanfte Nichts des Todes als Vollendung eines geplagten Lebens. Ja, die Leute glaubten, ich wäre ein glücklicher Mann. Aber das war ich nicht. Weil es diese eine Sache gab, die ich mit keinem Geld der Welt kaufen konnte und die unerfüllt blieb. Bis jetzt.

Nach der Messe fuhren wir wie immer bei Jörg und Chris vorbei. Es gehörte zur Familientradition, damit der Kontakt nicht durch den alltäglichen Stress abriss. Eine Zeit lang waren die regelmäßigen Treffen entfallen und wir hatten uns auseinandergelebt, bis Bine das Zepter in die Hand genommen und dieses Ritual eingeführt hatte.

Ich liebte meinen Bruder und er mich. Er wusste nichts von meiner Neigung. Damals, als wir jünger gewesen und über den Fußballplatz gejagt waren, hatte ich überlegt, ob er denselben Wunsch hatte wie ich. Fragen würde ich ihn das nie.

»Da seid ihr ja!«, rief Chris, nachdem er uns die Tür geöffnet hatte.

Ich umarmte ihn und murrte: »Es gab einen Rüffel vom Pfaffen, weil wir wegen mir wieder mal zu spät kamen.«

»Du kennst deinen Bruder«, meinte Bine. »Manchmal ist er so tief in seine Gedanken versunken, dass er die Zeit aus den Augen verliert. Wenn ich ihm jedes Mal einen Euro dafür geben würde, wäre er steinreich.«

Und du nicht mehr mit mir zusammen, orakelte ich. Hätte Bine gewusst, über was ich in diesen Momenten nachdachte, wäre unsere Ehe vorbei gewesen.

»Jörg hat Kuchen gebacken!«, sagte Chris und ging mit uns ins Esszimmer. Den Tisch hatten sie wunderbar

15

gedeckt. Kerzen verströmten einen fruchtigen Duft. Der von frisch gebrühtem Kaffee gesellte sich dazu. Alles war perfekt. Die Menschen, die ich liebte, waren bei mir und es gab knuspriges Backwerk. Dennoch war ich unglücklich.

Wir aßen und redeten bis in den späten Abend hinein. Jörg und Chris erzählten uns von ihrem Plan, ein Kind zu adoptieren. Bine und ich fragten, ob sie sicher seien, sich einen Teufel wie Ronja anschaffen zu wollen, was mit einem stinkigen Murren unserer pubertierenden Kleinen quittiert wurde.

Da Madame noch Hausaufgaben machen musste, verabschiedeten wir uns gegen zwanzig Uhr und fuhren nach Hause. Ronja verschwand in ihrem Zimmer und Bine im Bad, wo sie ein ausgiebiges Entspannungsbad nahm. Ohne würde sie ihren stressigen Job als Krankenschwester nicht durchstehen.

Heute begann ihre zweiwöchige Nachtschicht und ich hatte nachher Zeit, mich mit dem Forum zu beschäftigen. Kaum dachte ich daran, stieg der Druck in mir und ich wurde nervös wie der Ex-Raucher, der sich nach einem Nikotinkick sehnte.

Plötzlich kamen Zweifel in mir auf. Was, wenn sich die Realität massiv von meinen Fantasien unterschied? Diesen Gedanken hatte ich bisher nie gehabt. Wahrscheinlich, weil ich meinem Ziel nie so nahe gewesen war wie jetzt.

Gegen halb zehn fuhr Bine zur Arbeit. Ronja verabschiedete sich mit einem ›Gute Nacht‹ ins Bett. Ich zog mich ins Schlafzimmer zurück. Den Laptop hatte ich gestartet und auf die Matratze gelegt, damit ich sofort nachschauen konnte, wie die User im Forum auf mein Geschreibsel reagiert hatten.

16

Meine Hände zitterten, als wäre ich auf Entzug. Ich loggte mich ein und wurde bitter enttäuscht. Es gab nicht eine einzige Antwort auf meinen Post und keine private Nachricht. Zwar hatte mein Text über dreißig Views, aber niemand hatte geantwortet. Hatte ich etwas falsch gemacht?

Entmutigt klappte ich den Laptop zu, um ihn gleich darauf wieder zu öffnen. Mir kam ein Gedanke: Menschen wie ich waren scheu. Vielleicht brauchten sie Zeit, sich an mich zu gewöhnen. Ich öffnete den Beitrag eines Users, um mich schlauzumachen.

»Das hätte ich vorher tun sollen«, murmelte ich verärgert, weil ich zu überstürzt gehandelt hatte. Bevor ich mit meinem Text an die Öffentlichkeit gegangen war, hätte ich mir erst die Gepflogenheiten anschauen sollen. Und die waren unterirdisch. Der Thread-Ersteller hatte vor einigen Tagen geschrieben: *»Suche hilfloses Schweinchen, dem ich den Schwanz abschneiden kann.«* Reaktion: keine. Bei dieser plumpen Ansage kein Wunder. Da fand ich mein Gesuch ansprechender, wenngleich ausufernder.

Ich suchte mir einen Post mit Antworten. Eröffnet vor zwei Wochen.

»Wo bist du, mein Prinz? Ich suche dich, will dich schneiden, deine Haut auftrennen wie eine Naht, dir Fleisch entnehmen, es kosten, dich penetrieren bis zum Morgengrauen. Melde dich bei mir.«

Als Rückmeldungen kamen Herzchen oder ein: *»Du hast eine PN.«* Die meisten wurden Tage nach dem Gesuch geschrieben. Also würde ich mich in Geduld üben müssen.

Oder auch nicht. Mein Laptop gab einen leisen Ton von sich und neben dem Nachrichten-Icon meines

Profils blinkte eine Eins. Zuerst erstarrte ich vor Ehrfurcht. War das schon der einzig Wahre? Mein Schlachter?

Wäre ich ein häufigerer Nutzer des Internets und der sozialen Medien gewesen, hätte ich das Folgende erahnt.

In der Nachricht stand: *»Komm her, du Sau, ich schneid dich!«*

Mehr nicht. Kein Hallo, keine Vorstellung, kein Tschüs. Das war unter meinem Niveau. Obwohl ... hatte ich überhaupt eines? Zählte ich nicht eher zum Abschaum der Gesellschaft, der in die Klapse gehörte? Das fand ich nicht. Ich konnte klar denken, arbeiten, für meine Familie sorgen, Liebe empfinden. Mit mir war alles in Ordnung. Bis auf dieses klitzekleine Detail. Und mit dem würde ich niemand anderem schaden als mir selbst.

Ich schaute mir das Profil des Nachrichtenschreibers an. Außer dass er sich in seiner Kurzbiografie als Meisterkannibale bezeichnet und sein Alter mit fünfzig angegeben hatte, gab es nicht viel her.

Das brachte mich zu einer neuen Überlegung: Würde mich das Alter meines Schlachters interessieren? Vermutlich nicht. Es war wie die Suche nach dem passenden Familienhund im Tierheim. Wenn die Chemie stimmte, war es egal, ob das Tier ein Welpe, adult oder Senior war.

Es klopfte an der Tür. Schnell klappte ich den Laptop zu. Ronja in ihrem lustigen Hundepyjama trat ins Schlafzimmer und drehte verlegen an ihren Locken. Wenn sie das tat, hatte sie etwas auf dem Herzen und ich war dann Anlaufstelle Nummer eins. Bine war die Strengere von uns. Also kam unsere Tochter zuerst zu mir, kochte mich weich, bis ich Ja sagte, und sobald ihre Mutter es

18

ihr verbieten wollte, zog Ronja die ›Papa-hat-Ja-gesagt‹-Karte. Das funktionierte zu neunundneunzig Prozent.

»Was ist los?«, fragte ich barsch, weil ich mich ertappt fühlte.

»Susi hat geschrieben und gefragt, ob ich von Donnerstag auf Freitag bei ihr schlafe.«

»Du weißt, was Mama davon hält, wenn du in der Woche bei deiner Freundin pennst.«

Sofort schaltete meine Tochter in den Niedlich-Modus und zündete den Süß-Turbo. Ihre Stimme klang um Jahre jünger und sie setzte den berühmten Hundeblick gegen mich ein. »Wir sollen doch zusammen am Freitag das Referat halten. Dann können wir uns besser vorbereiten.«

»Und wer sagt uns, dass ihr lernt und nicht bei Instagram den Typen hinterherhechelt?«

»Papa!«, stieß Ronja gespielt empört aus.

Dabei hatte es mein Mädchen schon jetzt faustdick hinter den Ohren. Seit einem Jahr nahm sie die Pille, weil sie mit elf ihren ersten Freund hatte, mit dem es über das bloße Kuscheln hinausgegangen war. Sie war frühreif und hatte ein ausgeprägtes Interesse an Jungs, also hatte ich mich eher als gehofft damit arrangieren müssen, meine Tochter mit Konkurrenten zu teilen. Wir konnten nicht verhindern, dass unser Kind zu schnell erwachsen wurde. Aber dass sie zu früh Mutter wurde, darauf hatten wir Einfluss.

Mein Blick fiel auf ihr Smartphone. »Ist Susi dran?«

Ronja nickte schuldbewusst.

»Gib sie mir.« Mit der Hand unterstützte ich meine Forderung, indem ich sie ihr entgegenstreckte.

Seufzend gab sie mir das Gerät.

»Susi? Rob hier, gib mir deine Mama.«

»Es ist spät …«

»Ja, und? Sie chattet sonst auch bis in die Nacht hinein mit Bine. Also, gib sie mir bitte.«

Susi schwieg und ich hörte ihr Schlurfen. »Es ist Rob«, flüsterte sie.

Dann ging Katrin dran. Sie war Susis Mutter und gleichzeitig die beste Freundin meiner Frau.

»Hey, was gibts?«, fragte Katrin freundlich.

Sie war seit Jahren alleinerziehend, da ihr Mann sie für eine Jüngere hatte sitzen lassen. Den Kerlen hatte sie abgeschworen und ab und an hatte ich die Befürchtung, Katrin könnte umsatteln und mir Bine ausspannen, so oft, wie die beiden sich trafen, telefonierten oder chatteten. Aber sie verband nur eine innige Frauenfreundschaft, die mich unheimlich beruhigte. Wenn mein Fleisch im Bauch eines anderen verdaut wurde, brauchte meine Frau eine Person an ihrer Seite, die sie beim Verlust ihres Ehegatten unterstützte. Katrin war hierfür bestens geeignet.

»Weißt du von den Plänen, dass Ronja von Donnerstag auf Freitag bei euch schlafen soll?«, fragte ich.

»Es ist mit mir abgesprochen. Sie wollen für das Referat lernen. Und das werden sie, dafür werde ich sorgen.«

»Gut, ich bespreche das morgen mit Bine. Ich denke, dem steht nichts im Wege.«

Ronja machte einen Luftsprung vor Freude und gab einen quietschenden Schrei von sich, als würde es nicht um eine Übernachtung gehen, sondern als würde der wahrhaftige Justin Bieber vor ihr stehen.

Ich verabschiedete mich von Katrin und reichte das Handy meiner Tochter, die mir einen dankbaren Kuss gab.

»Telefoniert nicht mehr so lang«, rief ich ihr hinterher, als sie mit ihrer Freundin quatschend in ihrem Zimmer verschwand.

Dieses Intermezzo hatte mich kurz von meiner letzten Aktivität abgelenkt. Sofort kehrte ich an den Laptop zurück und prüfte die Nachrichten. Auf meinen öffentlichen Post hatte niemand reagiert, aber es war eine weitere private Mitteilung von einem *Kuru-Guy* eingegangen. Darin stand: *»Hör dir das Lied* Eaten *von der Band Bloodbath an. Melde dich danach bei mir.«*

Weder Titel noch Interpret sagten mir etwas. Und darauf, Musik zu hören, hatte ich erst recht keine Lust. Enttäuscht fuhr ich das Gerät runter, verband das Forum mit meinem Handy, damit ich zukünftige Meldungen eher erhielt, und legte mich schlafen. Morgen hatte ich einen Termin auf dem Dach eines störrischen Kunden, da wollte ich fit und ausgeschlafen sein. Mein Wunsch, gegessen zu werden, musste wie während der letzten Jahrzehnte warten.

»Auf ein paar Tage mehr kommt es nicht an«, murmelte ich und schlief ein.

Kapitel 3

Am nächsten Morgen weckte mich der Duft frisch gebrühten Kaffees. Für mich ein Zeichen, dass meine Frau pünktlich Feierabend gemacht hatte – was nicht oft vorkam. Das Krankenhaus litt selbst an einer Krankheit und die war schnell diagnostiziert: andauernde personelle Unterbesetzung.

Bine hatte oft überlegt, umzusatteln und sich einen ruhigeren und besser bezahlten Job zu suchen, die Idee jedoch immer wieder verworfen und gesagt: »Wer kümmert sich dann um meine Patienten?«

Sie arbeitete auf der Krebsstation. Sah täglich das Leid der Menschen, deren eigene Körper sie bei lebendigem Leib zerstörten. Unerträgliche Szenen spielten sich dort ab und Bine wandelte ständig am Rand eines Burn-outs. Doch sie zog es durch. Für diejenigen, die ihre Hilfe brauchten.

Umso mehr würde sie die Nachricht treffen, ihr gesunder Ehemann habe sich für einen anderen geopfert. Aber meine Zeit war gekommen. Ich hielt den Druck nicht länger aus. Ich war an der Reihe. Seit jeher unterstützte ich Bine. Nun forderte ich meinen Lohn. Und sie würde lernen, damit umzugehen, und sie würde für Ronja da sein müssen. Das war eine große Last, die ich meiner Frau aufbürdete, aber hey, so ist das Leben. Es läuft nicht immer geradlinig und zur Freude eines jeden Einzelnen. Es gibt Kurven und manchmal fällt man auf die Nase. Das ist die Realität. Bine war stark, sie würde das schaffen. Und wenn nicht, bekam mein verdautes Gehirn das eh nicht mehr mit.

Ich erledigte die morgendliche Badroutine, zog meine Arbeitskleidung an und ging nach unten. Es war der

23

typische Montagmorgen. Ich hatte keine Lust auf die Arbeit, Ronja keine auf die Schule und Bine saß erschöpft mit einem Kaffee in der einen und dem Handy in der anderen Hand da und checkte die Nachrichten, die sie während der Schicht verpasst hatte.

»Guten Morgen«, sagte ich und gab ihr einen Kuss.

»Du hast mit Katrin gesprochen?«

»Hat sie dir geschrieben?«

»Gerade eben, ja. Was hast du gesagt?«

Ich schenkte ihr meinen ›Das-weißt-du-doch-längst‹-Blick.

»Haben die Weiber dich wieder rumgekriegt?«, stichelte sie.

»Es ist wegen des Referats, an dem die Mädchen seit einer Woche arbeiten. Es hat einen Sinn.«

»Du kennst sie. Sie werden dauerkichern und Katrin macht ihnen Kekse.« Bine winkte ab. »Aber von mir aus. Sollen sie sich die Noten vermiesen. Ich bin zu kaputt, um mich darüber aufzuregen.«

»Harte Nacht?«

»Die schlimmste überhaupt.«

»Was ist passiert?«

»Wir haben doch den neuen Lungenkrebs-Patienten. Tim. Gerade Anfang vierzig wie wir. Gestern Morgen wurde er operiert und war danach sehr schwach. In meiner Schicht änderte sich das. Meine Kollegin und ich hörten lautes Geschepper. Im Zimmer neben dem von Tim wurde Alarm ausgelöst. Wir rannten hin. Der Patientin selbst fehlte nichts, aber sie sagte, von nebenan kämen die Geräusche. Wir sind zu Tim rein und was wir sahen ...«

Ronja betrat den Raum und begrüßte ihre Mutter. »Du kannst deine Schauermärchen ruhig weitererzählen. Die

24

stören mich nicht.« Unsere Tochter belegte sich ein Brot und setzte sich kauend an den Tisch.

»Die ist wirklich übel«, warnte Bine.

Ronja zuckte mit den Schultern.

»Also gut«, fuhr Bine fort, die mitgenommen aussah. »Tim warf seinen Nachttopf nach uns. Den Beistelltisch hatte er umgeworfen. Der Ständer des Tropfs lag auf dem Boden. Sein Zimmergenosse hockte verängstigt auf dem Bett und hatte sich die Decke über den Kopf gezogen. Tim hatte eine offene Kehlkopfoperation. Der Kehlkopf musste aufgrund der Größe des Tumors vollständig entfernt werden. Vor der OP hatten die Ärzte Tim darüber informiert, was das bedeutete. Viele der Patienten begreifen das wahre Ausmaß aber erst, wenn sie ein Loch im Hals haben, aus dem Röhrchen und Schläuche ragen. Das überforderte ihn, als er zu Kräften kam.« Bine zögerte weiterzuerzählen.

Das geschah häufiger. Entgegen ihrer Aussage empfand ich als Zuhörer jede ihrer Nächte als eine der schlimmsten. Irgendwo musste sie mit diesem ganzen Druck hin. Ich als liebender Ehemann war immer bereit, ihr zuzuhören. Auch wenn ich dann ein paar Minuten zu spät zu einem Kunden kam. Meine Familie hatte Vorrang und als Chef durfte ich mir das erlauben. Meine Angestellten waren zuverlässige Mitarbeiter. Sie kamen allein zurecht.

»Was ist passiert?«, ermutigte ich sie.

»Wir hatten schon viele Patienten, die wir beruhigen mussten, doch bei Tim klappte es einfach nicht. Wir redeten auf ihn ein, sagten ihm, dass er sich daran gewöhnen würde. Seine Augen verrieten mir das Gegenteil. Er bereute den Eingriff. In dem Moment, in dem er begriff, dass er nie wieder würde reden können, wollte er die OP rückgängig machen und lieber in Würde am Krebs sterben, als so zu leben. Er riss sich die Infusionsnadeln aus den Armen. Dann die Schläuche aus dem Hals. Sofort röchelte er, taumelte umher. Ich wollte ihn stützen, doch mit ungeahnter Kraft stieß er mich weg. Blut und Speichel troffen aus seiner Kehle.«

Ich warf einen Blick auf Ronja. Noch verkraftete sie die Horrorstory ihrer Mutter. Aber die übertrieb selten, also rechnete ich damit, dass das dicke Ende noch bevorstand.

»Meine Kollegin rief den Bereitschaftsarzt. Bis der bei uns war, konnten ein paar Minuten vergehen. Ich bat Tim, sich zu setzen, er schleuderte uns das Beatmungsgerät seines Bettnachbarn entgegen. Der begann nach Luft zu schnappen. Tim ließ uns nicht zu ihm. Mit aufgerissenen Augen starrte Tim uns an, tastete nach dem Loch in seinem Hals, steckte einen Finger hinein, zog ihn heraus. Er war verklebt mit Blut. Tim streckte ihn uns hin, als wollte er sagen: ›Seht ihr, was ihr mir angetan habt?‹ Die Tür flog auf, der Arzt war da. Tim stürmte zum Fenster, riss es auf und sprang hinaus.« Bine breitete die Arme aus, als wüsste sie nicht weiter. »Einfach gesprungen«, wiederholte sie.

Ich musste nicht fragen, ob Tim den Sturz überlebt hatte. Die Krebsstation befand sich im fünften Stock.

»Sein Schädel«, sagte sie. »Er ist auf dem Asphalt zerschellt. Tim war kaum noch als Mensch zu erkennen. Ich habe viel in meinem Berufsleben gesehen, aber das …« Sie schüttelte den Kopf.

Erneut warf ich einen prüfenden Blick zu Ronja. Das Brot war ihr im Hals stecken geblieben. Offenen Mundes schaute sie ihre Mutter an. Krümel purzelten von ihrer Lippe. Dann hustete sie, weil sie sich verschluckt hatte.

Ich klopfte ihr kräftig auf den Rücken, obwohl ich durch Bine wusste, dass das nichts brachte.

»Gott, wie eklig«, kommentierte Ronja, als sie sich gefangen hatte. »Ich hau ab. Bis später.« Sie schnappte sich die Schultasche und verschwand.

»Ich glaube, du hast es nach all den Jahren geschafft, unser Kind zu schockieren«, sagte ich lächelnd.

»Das müssen wir im Kalender markieren.«

Was Blut, Gedärme, Erbrochenes und Scheiße anging, war unsere Tochter normalerweise unerschrocken. Weil sie trotz ihres jungen Alters hart im Nehmen war, strebte sie eine ähnliche Laufbahn wie ihre Mama an. Sie wollte eine Stufe höher klettern und den Karriereweg einer Chirurgin einschlagen. Es machte uns stolz, dass sie einen solchen Ehrgeiz hatte. Nur an den Schulnoten musste sie noch schrauben.

»Und sein Zimmergenosse?«, erkundigte ich mich.

»Wir haben ihn an sein Gerät angeschlossen. Ihm geht es gut. Die Sache mit Tim wird mir lange nicht aus dem Kopf gehen. Vielleicht ist eine Operation nicht immer der richtige Weg. Seine Mutter hat ihn dazu gedrängt. Möglicherweise hätte er nicht zustimmen sollen. Wer weiß das schon? Wir hatten Glück, dass es in der Nacht passiert ist. Tim schlug genau vor dem Haupteingang auf. Tagsüber hätte er jemanden treffen können und das Entsetzen wäre groß und die Smartphones schnell gezückt gewesen. So konnten die Bestatter ihn ungestört buchstäblich vom Boden kratzen und fortbringen.«

»Das tut mir leid«, tröstete ich sie. »Wenn ich irgendetwas für dich tun kann, sag Bescheid.«

»Es genügt, wenn du zuhörst«, meinte sie und klang ehrlich dankbar. »Ich nehme ein Bad, dann komme ich runter.« Bine schaute zur Uhr. »Du bist spät dran, ab mit dir! Wartet nicht der Hermann-Idiot auf dich?«

»Das tut er.«

»Dann los!« Sie gab mir einen Kuss und beförderte mich mit einem Arschtritt nach draußen. Ich fuhr zu meiner Firma. Das Gebäude umfasste einen Schau- und einen Lagerraum, eine Werkstatt, ein Büro, Toiletten sowie Umkleide- und Pausenraum. Auch auf Dachdeckerinnen war ich eingestellt, beworben hatte sich bisher leider keine.

Mein Mädchen für alles – Phillis, unsere Bürodame, die kurz vor der Rente stand – begrüßte mich mit dem zweiten Kaffee des Tages. »Die Jungs sind schon los, damit Hermann sich nicht aufregt.«

»Das wird er so oder so, weil ich nicht da bin. Erinnere dich an seine Worte: ›An mein Dach darf nur der Chef höchstpersönlich! Das Kroppzeug lasse ich nicht an mein teures Haus.‹ Also wird Hermann sich erst recht aufregen.«

Mit Kroppzeug meinte er meinen Gesellen Patrick, der vor ein paar Monaten seine Lehre bei mir beendet hatte und geblieben war. Und Gaspare, von allen Gassi genannt, den lustigen dicken Italiener, der genauso gutes Handwerk machte wie ich. Gassi war seit zwanzig Jahren im Beruf. Nur weil er keinen Meisterbrief besaß, lieferte er doch keine minderwertige Arbeit ab. Aber das konnte man Kunden wie Herrn Hermann lange erklären.

Ich besprach mit Phillis den Terminplan und wünschte ihr im Voraus einen schönen Feierabend, da wir uns heute nicht mehr sehen würden. Hermanns Dach war ein kniffliger Fall, der uns die ganze Woche

28

beschäftigen würde. Sämtliche weiteren Termine konnten wir frühestens in der darauffolgenden wahrnehmen.

Im Auto dachte ich an gestern Abend und an die Nachrichten, die ich im Forum bekommen hatte. Das erschien mir weit weg. Dieses andere Leben, das ich mich bisher nicht zu führen getraut hatte. Der Alltag hatte mich zurück und die Chance, meinen Traum zu erfüllen, rückte vorerst in den Hintergrund. Jedoch fiel mir das von Kuru-Guy empfohlene Lied ein. Ich suchte es auf dem Handy und spielte es ab. Bis auf Geschrammel von Gitarren und schreckliches, unverständliches, gutturales Gegrunze, hörte ich nichts heraus. Den Text zu verstehen war unmöglich. Diese Art von Musik kannte ich. Mein Bruder hatte sie ein paar Jahre lang gehört, bis er wieder zur Vernunft gekommen war. Er war in schwarzen Klamotten herumgelaufen, hatte die Haare wachsen und sich tätowieren lassen. Death-Metal hieß diese Musikrichtung und Chris hatte die ganze Familie damit terrorisiert. In die Richtung ging dieses *Eaten*. An der nächsten Ampel beendete ich das Lied. Was auch immer mir der Nachrichtenschreiber damit sagen wollte: Ich kapierte es nicht.

Als ich auf Hermanns Haus zufuhr, vergaß ich den Song und meinen Wunsch, gegessen zu werden mit einem Schlag. Der Auftraggeber stand mit meinen Jungs am Firmen-Van und gestikulierte wild. Als er mich sah, hob er die Hände über den Kopf, was wohl heißen sollte: ›Na endlich! Da ist er ja!‹

Bevor ich den Motor abstellte, stand Hermann schon mit verschränkten Armen und kopfschüttelnd neben meinem Wagen. Seine Körpersprache verriet, dass ich kurz davor war, den Auftrag zu verlieren. Einerseits hätte ich nichts dagegen gehabt, denn dann hätte ich

29

mich nicht länger mit diesem miesepetrigen Nazi rumschlagen müssen. Andererseits versprach sein Dach ein Fass ohne Boden zu werden. Gebaut vor dem Zweiten Weltkrieg, waren bisher nur kleinere Reparaturen vorgenommen worden. Das hieß, die Bedachung und die Dämmung hatten mehr Löcher als ein Schweizer Käse. Eine Kernsanierung stand an und man konnte erst abschätzen, wie teuer der Spaß für den Besitzer werden würde, wenn man am Ende ankam. Der grobe Kostenvoranschlag, den ich erarbeitet hatte, würde bestimmt um ein Drittel oder die Hälfte teurer werden.

Bislang war bei jeder aufwendigen Sanierung eine Überraschung aufgetaucht. Die größte war die vor sechs Monaten gewesen, als wir in der Decke zwischen Schlafzimmer und Dach eine einbetonierte Tote gefunden hatten. Der neue Eigentümer konnte nicht der Täter sein, er war zu jung und wohnte zu kurze Zeit dort. Den Fall hatte die Polizei bisher nicht vollständig aufgeklärt, aber sie ging davon aus, dass der Vorbesitzer in den 1960er-Jahren die Frau getötet hatte und verschwinden ließ. Angeblich hatte seine Ehefrau bis zu seinem Ableben und ihrem Umzug in ein Seniorenstift nichts mitbekommen.

Bine hatte gemeint: »Wenn du eine Leiche in unserem Haus verstecken würdest, würde ich das merken.«

Mein Gedanke dazu: *Du kriegst ja nicht mal mit, dass dein Mann davon träumt, gegessen zu werden.*

Lange Rede, kurzer Sinn: Wir wussten nie, was uns bei einem alten Dach erwartete.

»Entschuldigen Sie die Verspätung«, sagte ich und reichte Hermann die Hand.

Murrend ergriff er sie, forderte mich auf, nicht weitere wertvolle Zeit zu verschwenden und trieb meine Angestellten und mich zur Eile an. Im Nu hatten wir alles

30

vorbereitet und begannen mit dem Abriss der Dämmung, als mein Handy vibrierte. Erst dachte ich, es wäre Phillis, die wegen einer Terminabsprache anrief, aber es war ein Pop-up des Forums. Jemand hatte mir eine Privatnachricht geschickt. Meine Jungs achteten nicht auf mich, also öffnete ich die Mitteilung.

Geschrieben hatte sie als ›Max_at_eating‹. Interessanter Username.

Hey Rob,

ich habe deinen Forumsbeitrag gelesen und muss sagen: Hut ab. Die wenigsten geben sich die Mühe, auch nur die korrekte Rechtschreibung anzuwenden. Du hast Worte gewählt, die mich zutiefst berühren und die ich nachvollziehen kann. Auch ich bin ein Süchtiger. Süchtig nach Männern wie dir.

Was hältst du davon, wenn wir uns bei einem Treffen beschnuppern? Wir müssen schauen, ob die Chemie zwischen uns stimmt. Du willst dich ja nicht jedem Dahergelaufenen darbieten und ich will meinen Drang nicht an jedem Penner befriedigen. Was sagst du?

Gruß
Max_at_eating

Ja! Ja! Und wie ich will!, schrie mein Innerstes. Das war der erste Schritt. Und vielleicht der letzte. Wer wusste das schon? Ich konnte nicht anhand einer einzigen Nachricht abschätzen, ob Max der Richtige war oder ob meine Suche weitergehen würde.

»Chef? Das solltest du dir ansehen!«, rief Gassi.

»Einen Moment!«, bat ich und schrieb Max zurück, dass ich mich gern mit ihm treffen würde. Ich schlug ihm vor, es gleich am Nachmittag in einem Café in der Nähe zu tun. Ich wusste nicht, woher Max kam, aber ich dachte mir: *Wenn er die schmackhafte Ware vorher sehen will, wird er jeden Weg auf sich nehmen.*

»Was ist?«, fragte ich und steckte das Smartphone weg.

»Schau dir diese Nägel an.« Patrick leuchtete sie an.

»Wahnsinn … das hatten wir bisher nicht«, räumte ich ein.

»Warum wundert mich das bei dem nicht?«, konstatierte Gassi.

Patrick und ich nickten zustimmend. Zu wem würden Nägel, auf deren Köpfen ein Hakenkreuz eingraviert war, mehr passen als zu einem alten Sack, der bei einem Italiener die Nase rümpfte? Dass Hermann sie selbst ins Holz gejagt hatte, bezweifelte ich. Das Erbauungsjahr gab den Hinweis darauf, woher sie kamen.

»Schmeiß die nicht weg!«, bat Patrick.

»Wieso, willst du sie für deine private Sammlung haben, du braune Sau?«, stichelte Gassi.

Patrick knuffte ihn auf den Arm. »Nein, du Arsch, vielleicht kann ein Museum die brauchen. Und wenn nicht, bei Onlineauktionen gibt es genug Irre, die so einen Kram kaufen.«

Ich bremste meine Jungs: »Erst erkundigen wir uns bei Herrn Hermann, ob er sie behalten will. Sie sind sein Eigentum.«

Wie auf Stichwort stieg der Mann die wacklige Treppe hinauf. Ein Jutebeutel hing um seinen Arm. Daraus zog er zwei Bier. Eines für sich und eines für mich.

Arschloch.

Ich lehnte dankend ab. Von jemandem, der meine Leute benachteiligte, nahm ich zwar gern das Geld, aber sonst nichts. Die Frage, was wir mit den Nägeln anstellen sollten, beantwortete er damit, dass wir sie sammeln und ihm geben sollten. Gassi schenkte ihm einen

32

vielsagenden Blick, hielt zum Glück die Klappe und erledigte seine Arbeit.

So verlief der restliche Tag. Wir machten unseren Job, Hermann nervte zwischendurch und die Dämmung brachte uns dazu, uns blutig zu kratzen, weil sich die Fasern auf die verschwitzte Haut legten. Um Punkt sechzehn Uhr ließen wir das Werkzeug fallen und schlossen die Baustelle. Auf Hermanns Nachfrage, ob wir meinten, das Tagesziel erreicht zu haben, antwortete ich mit einem Nicken. Einem Mann wie ihm gönnte ich ein oder zwei Tage obendrauf auf der Rechnung. Außerdem war ich kein Freund von zu vielen Überstunden, mir lag die Freizeit meiner Jungs und meine eigene am Herzen.

Kaum saß ich im Auto, bekam ich eine Nachricht. Max_at_eating hatte geantwortet.

Hey Rob,

tagsüber ist es schwer, mich mit dir zu treffen. Ich möchte nicht sagen, dass ich ein Promi bin, aber manche Leute kennen mich. Das bringt mein Beruf mit sich. Es würde mir schaden, wenn man mich mit einem fremden Mann sehen würde. Und das in einer Stadt, in der ich normalerweise nicht verkehre.

Ich schicke dir eine Adresse. Sofern du in einer der kommenden Nächte dort auftauchst, beschnuppern wir uns vorsichtig. Falls nicht, war es das.

Gruß

Max_at_eating

»Schlauer Kerl«, murmelte ich. Mit seiner Nachricht hatte er mir alles und nichts verraten. Er hielt mit seiner Identität hinterm Berg, verständlich, das tat ich auch. Und er deutete an, dass er ein bekannter Mann war, was mein Interesse weckte. Gleichzeitig übte er Druck aus.

33

Seine wohl gewählten Worte besagten: Bist du nicht willig, nehme ich mir einen anderen.

»Die Chance darf ich mir nicht durch die Lappen gehen lassen«, sprach ich zu mir. »Vielleicht ist er der Richtige. Oder er ist ein Irrer, der andere Pläne mit mir hat.«

Ich beschloss, mir die Sache ein paar Tage lang zu überlegen und nicht überstürzt zu handeln. Eine Gelegenheit, mich ungesehen aus dem Haus zu schleichen, hatte ich Donnerstagnacht.

»Kommt Zeit, kommt Rat«, flüsterte ich und schrieb dem Kerl zurück, der mich gebeten hatte, mir dieses schreckliche Lied anzuhören.

Hey Kuru-Guy,
der Song ist scheiße! Ich glaube nicht, dass wir zueinanderpassen.
Gruß
Rob

Kapitel 4

Die Tage bis Donnerstag vergingen schnell. Der Auftrag bei Hermann raubte mir jeglichen Nerv.

Nach Feierabend sagte ich mir: »Noch eine Schicht, dann ist Wochenende.«

Würde ich das überhaupt erleben? Heute war der Tag, an dem ich mich aus dem Haus schleichen und Max treffen könnte, ohne Bine Rede und Antwort stehen zu müssen. Sofern er Wort hielt und jede Nacht an besagter Adresse auf mich wartete.

Falls er der Richtige war, konnten mir Hermann und das Wochenende am Arsch vorbeigehen.

Rechtlich war alles in trockenen Tüchern. Das hatte ich nicht nur wegen meiner Obsession getan, sondern auch, weil es wichtig war, den Nachlass zu regeln, wenn man einen eigenen Betrieb besaß. Der würde an meine Frau gehen, die verpflichtet sein würde, Patrick und Gassi in Anstellung zu halten, egal, ob sie die Firma selbst leiten oder diesen Job jemand anderem übergeben würde. Sämtliche Besitztümer hatte ich zwischen Bine, meiner Tochter und Chris aufgeteilt. Niemand würde leer ausgehen. Jeder hätte gewonnen. Auch mein persönlicher Schlachter und ich. Eine Win-win-Situation für alle Beteiligten.

Der Schmerz, den Ehemann, Vater oder Bruder verloren zu haben, würde vergehen. Die erste Zeit würde für meine Liebsten hart werden, irgendwann würden sie mich vergessen und ihr Leben weiterleben. Vielleicht ein besseres als mit mir.

Dann ist die Sache geklärt, oder nicht? Du willst Max kennenlernen und es durchziehen.

Mich überkam ein wohliger Schauer, als sich vor meinen Augen die Szenen abspielten, die mich seit Jahrzehnten begleiteten. Ich, auf einer großformatigen silbernen Servierplatte liegend, neben mir mein maskierter Schlachter. Seine Hand führt ein Filetiermesser, mit dem er mir eine Scheibe und noch eine und noch eine vom Oberschenkel schält, sie auf einen Teller mit Verzierungen legt und in einem Sessel sitzend gierig mein Fleisch betrachtet. Er zieht die Maskierung bis zur Nase hoch. Ich sehe seine lieblichen Lippen, die mein Gewebe umschließen, daran lutschen. Er umspielt es mit der Zunge, schiebt es in den Mund, zermalmt es zwischen den Zähnen, bis es zu Mus zerkaut ist, und schluckt es. An seinem Kinn läuft mein Blut hinab. Er wischt es mit einer Serviette fort, kommt zu mir zurück, um sich Nachschlag zu holen. Das Messer schneidet in mein Fleisch und dann … beendete der Anruf meines Bruders den Tagtraum. Dass ich einen Ständer hatte, wunderte und schockierte mich seit meiner Jugend nicht mehr. Anfangs kam mir das seltsam und schräg vor. Dass es dazugehörte, hatte ich mittlerweile akzeptiert. Die Vorstellung von meinem Tod durch Verzehr erregte mich auf etlichen Ebenen.

»Hey«, begrüßte ich Chris.

»Störe ich?«

»Nein, sitze im Auto und wollte nach Hause fahren.« Ganz gelogen war das nicht. Die Erektion verschwieg ich natürlich.

»Kann ich dich um was bitten?«, fragte er.

»Was hast du auf dem Herzen?«

Mein Bruder seufzte. »Jörg hat im Moment ein Problem … in der genitalen Region, wenn du mich verstehst. Er weigert sich, zum Arzt zu gehen. Das sollte sich aber

36

unbedingt einer ansehen. Du warst doch beim Urologen. Kannst du meinem Mann sagen, dass es halb so wild ist?«

»Dann müsste ich lügen«, sagte ich lachend. »Wenn es so easy wäre, wärst du auch bei einem gewesen.«

»Du weißt, was ich meine …«, quengelte Chris. »Überrede ihn einfach, okay?«

»Nichts leichter als das. Ich mach das bei Gelegenheit.«

»Alles klar, tschau.«

»Bis dann.«

Nachdem ich aufgelegt hatte, graute es mir vor dem Gespräch mit meinem Schwager. Nicht wegen der Sache an sich, sondern weil mich das an meinen Urologenbesuch vor zwei Jahren erinnerte. Ich hatte einen Knubbel unter der Vorhaut entdeckt und Bine hatte mich dazu getrieben, einen Arzt aufzusuchen. Es handelte sich um ein Blutgerinnsel, das entfernt werden musste. Um es kurz zu machen: Der Doktor schnippelte an meinem Schwanz herum und ich nahm wochenlang Medikamente ein, die Erektionen unterdrückten, weil die den Heilungsprozess behindert hätten. Sich nicht mehr wie ein Mann zu fühlen war scheußlich. Die Schmerzen tangierten mich hingegen kaum.

Falls sich Max als der Richtige herausstellte und mein Traum heute Nacht in Erfüllung ging, würde ich dem Gespräch mit Jörg entgehen. Bis dahin verbrachte ich den Tag mit Bine und Ronja. Wir fuhren ins Einkaufszentrum, ich schenkte meinen Damen überteuerte Modeschmuckstücke, wir aßen zu Abend und kehrten glücklich und zufrieden nach Hause zurück.

Als Bine sich für die Arbeit fertig machte, wunderte sie sich über meine gute Laune. Ich war zwar auch sonst kein Griesgram, aber so überdreht wie heute war ich selten. Woran das lag, wusste ich selbstverständlich.

»Weil morgen Freitag ist und ich den Hermann dann zwei Tage nicht sehen muss«, erklärte ich mich.

»So schlimm?«, fragte sie.

»Nicht vergleichbar mit Tim, der aus dem Fenster sprang, aber nahe dran.«

Meine Frau gab mir einen Kuss. »Ich fahre Ronja zu Susi.«

»Das kann ich erledigen.«

»Ich wollte heute eh früher auf der Arbeit sein, das ist kein Problem.«

Sie packte ihre Sachen, rief unsere Tochter und wartete an der Haustür auf sie. Als ich Bine da stehen sah, überkam mich ein Gefühl der Trauer. Sie vielleicht nie wiederzusehen, fühlte sich unerwartet seltsam an. Der Egoismus meiner Fantasie hatte kurzzeitig Pause.

Ich ging zu ihr und nahm sie in den Arm. »Du weißt, dass ich dich immer geliebt habe und dich immer lieben werde, nicht wahr?«

Bine schaute mich verwirrt an. Bevor sie etwas erwidern konnte, platzte Ronja in die Situation und krakeelte: »Auf, auf! Wir haben keine Zeit zu verlieren. Susi und ich müssen uns vorbereiten.«

Bine gab mir einen Kuss und hauchte mir »Ich liebe dich« ins Ohr.

Ehe meine Tochter aus dem Haus stürmte, packte ich sie mir und umarmte sie. »Benimm dich und ärgere Mama nicht, in Ordnung?«

»Immer doch, Papa!« Sie gab mir ein flüchtiges Küsschen und verschwand.

Ich stellte mich an die Tür, beobachtete sie beim Einsteigen und wartete, bis sie winkend davonfuhren.

38

»Weg sind sie«, murmelte ich und ging hinein.

Als Bine und Ronja weg waren, waren sie sprichwörtlich aus den Augen und aus dem Sinn. Mein Wunsch übernahm wieder die Oberhand und lenkte mich. Die Überlegungen, ob ich mich mit Max treffen sollte oder nicht, waren vorbei. Es gab nur den einen Weg und den würde ich gehen.

Ich sprang unter die Dusche, um das Fleisch zu reinigen, zog mir schicke Klamotten an, setzte mich ins Auto, stellte die Navigation ein und machte mich auf den Weg ins Unbekannte.

Die Strecke zog sich ewig hin. Spät abends war kaum jemand auf der Autobahn unterwegs und ich wurde immer müder. Ich schaltete das Radio ein und drehte es laut. Kurz bevor ich mein Ziel erreichte, kündigte mein Smartphone eine Nachricht an. Ich fuhr weiter, bis die App meldete, dass ich angekommen war, und parkte ein Stück entfernt.

Ich hatte eine neue Mitteilung von Kuru-Guy, dem Idioten mit diesem schrecklichen Lied.

Hey Rob,
es geht um den Text. Such ihn bei Google und lies ihn dir durch, danach reden wir weiter. Du wirst begreifen, dass wir zusammenpassen.
Liebe Grüße
Kuru

»Das denke ich eher nicht«, sagte ich und steckte das Handy weg.

Als ich ausstieg, sah ich mich um. Ich war in einem Gewerbegebiet gelandet. Vorsichtig ging ich auf das Gebäude zu, zu dem mich das Navi geführt hatte.

39

Aus der Nähe erkannte ich, was für ein Betrieb es war.

»Eine Schlachterei? Ernsthaft?«, fragte ich.

Ich bekam prompt eine Antwort: »Ist doch passend, oder nicht?«

Als ich mich umdrehte, stand ein Mann mit erhobener Hand vor mir.

Kapitel 5

Erst dachte ich, er würde mich schlagen, aber er hatte die Hand nur zum Gruß gehoben. Danach reichte er sie mir.

»Hey, ich bin Max und du bist …«

»Rob«, beendete ich seinen Satz.

Der Mann war anders, als ich ihn mir vorgestellt hatte. Seinen Nachrichten nach zu urteilen, hatte ich mit einem gebildeten, gepflegten Typen in meinem Alter gerechnet. Die Realität sah so aus, dass er höchstens halb so alt war wie ich und die Teenieakne längst nicht überwunden hatte. Was den Status seiner Intelligenz anbelangte, konnte ich mir noch keine Meinung bilden. Wie konnte jemand wie er behaupten, dass die Gefahr bestand, erkannt zu werden, wenn er sich mit mir in öffentlichem Raum traf?

Diese Finte klärte er sofort auf: »Sorry, dass ich in meinen Nachrichten ein bisschen auf die Kacke gehauen hab. Sobald ich ehrlich zu den Leuten bin, schreckt sie das ab. Niemand traut einem Studenten zu, der passende Partner für die … besonderen Dinge zu sein. Sie geben mir nicht einmal die Chance, mich kennenzulernen.«

Da haben sie nichts verpasst, dachte ich enttäuscht. Aber ich war ein höflicher Mensch und wenn ich schon jemanden aus der Szene kennenlernte, konnte ich mich auch mit ihm unterhalten.

Nervöser als ich war er allemal. Er trat von einem Bein auf das andere, sah sich um, pustete die gelockten, fettig wirkenden Strähnen aus dem Gesicht.

»Wie kamst du auf die Schlachterei?«, fragte ich.

»Sie gehört meinem Großvater. Irgendwann soll ich sie übernehmen. Darauf habe ich keinen Bock. Tiere zu

41

zerlegen liegt mir nicht, falls du verstehst, was ich meine.« Augenzwinkernd lächelte er mich an und drehte sich um. »Willst du sie dir ansehen?«

»Warum nicht?«, sagte ich schulterzuckend und folgte dem knabenhaften Mann.

Angst um meine Sicherheit hatte ich nicht. Vielleicht war ich nicht der geborene Bruce Lee, aber durch die Arbeit auf dem Bau war ich gut in Form, wusste mich zu verteidigen und konnte vor allem eines: schnell rennen. Wenn Max etwas im Schilde führte, würde ich das abwehren.

Das war nicht der Fall. Wie ein Stadtführer zeigte er mir die gesamte Schlachterei. Lebendige Tiere gab es nicht, nur jede Menge Fleisch, das in Teile zersägt an Haken von der Decke hing.

Max dirigierte mich in ein Büro, setzte sich auf den Chefsessel und schwang die Beine auf den Schreibtisch. »Hier sitzt immer mein Opa und befehligt die billigen Arbeitskräfte aus dem Osten. Du willst nicht wissen, wie schlecht die Hygienebedingungen sind. Falls du Wurst aus diesem Betrieb siehst, lass die Finger davon.«

»Und du stehst also auf anderes Fleisch?«, fragte ich und nahm auf einem Besucherstuhl Platz.

»Korrekt.«

»Hast du es schon ... gekostet?«

»Nein.«

»Woher weißt du dann, dass es dir schmeckt und dass es das ist, was du willst?«

»Hast du schon jemanden ... Wie soll ich sagen? An dich rangelassen?«

»Nein«, gab ich zu.

»Woher willst du dann wissen, dass es das ist, was du begehrst?«, konterte er. »Du weißt es einfach, nicht wahr?

42

Hier drin.« Er fasste sich an die Brust. »Unser Innerstes sagt uns, was wir brauchen. Es leitet uns. Schon als Knirps spürte ich, dass ich anders bin. Mein Opa würde mich einen Sonderling nennen, wüsste er davon. Ich sehe das nicht so. Wir sind nicht irre oder verrückt. Wir sind der Ursprung. Das Altertümliche.«

»Wie meinst du das?«, fragte ich.

Dumm war der picklige Junge nicht. Er hatte sich mehr mit dem Thema Kannibalismus beschäftigt als ich.

»Früher, als die Menschen nicht so verweichlicht und verwöhnt waren wie jetzt, fraßen wir einander, wie es andere Tierarten auch praktizieren. Die Nahrung war knapp. Nicht wie heute, wo du einfach in den Supermarkt gehen und dir was kaufen kannst. Dieser Tage ist die Menschenfresserei als abartig und widernatürlich verschrien. Sogar strafbar. Ich sage dir, das Gegenteil ist der Fall. Wären wir damals nicht unserer Natur gefolgt und hätten das gegessen, was verfügbar war, wären wir nicht hier.«

»Du meinst, diesen Instinkt zu überleben – koste es, was es wolle –, hast du in dir?«

»Genauso ist es. Meiner leitet mich und er findet, dass Menschenfleisch nicht schlecht, sondern gut ist. Und ich verzehre mich danach, es zu probieren. Da die Gesellschaft anderer Ansicht ist als ich, blieb mir das bisher verwehrt. Ich bin nicht wie meine Artgenossen. Ich nehme mir nicht einfach das, was ich begehre. Es wäre leicht, jemanden zu töten und ihn zu essen. Aber ich bin kein Mörder. Nur ein Helfer. Ich möchte mit meinem Verlangen Leuten wie dir dienlich sein.«

Es war ausgesprochen. Wir redeten nicht mehr mit Andeutungen um den heißen Brei herum. Max bezeichnete sich als Kannibalen und an seinem

43

Gesichtsausdruck erkannte ich, dass er nicht so abgestoßen von mir war wie ich von ihm. Ständig wanderte sein Blick über meinen Körper, betrachtete meine Statur, mein Fleisch.

»Du erklärst deine Gier mit der Evolution. In dir schlummern prähistorische Gene, die deine Gelüste auslösen. Wie begründest du meine?«

Ich war ehrlich gespannt auf seine Antwort. Wie oft hatte ich mich gefragt, woher meine Fantasien kamen. Wieso war ich bereit, für diesen einen Kick mein Leben zu geben? Vielleicht hatte Max eine plausible Erklärung für mich.

»Im Grunde ist es das Gleiche. Du bist der, der sich für die Gruppe opfert, damit die anderen überleben. Du hast keine Angst vor dem Tod, dein Körper signalisiert dir das Gegenteil: Die Vorstellung, jemand würde dich aufessen, erregt dich.« Max lehnte sich über den Schreibtisch, faltete die Hände, sah mich eindringlich an. »Ist es nicht so?«

Ich schluckte, denn ich kam mir ertappt vor. Natürlich hatte ich meine Neigung längst akzeptiert, aber sie von einem Fremden ausgesprochen zu hören, der meine Gelüste verstand, kam mir trotzdem seltsam vor und ich fühlte mich schlagartig unwohl.

Das bemerkte Max. »Bin ich dir zu nahegetreten? Das tut mir leid.«

»Ist schon in Ordnung«, wiegelte ich ab. »Es ist nur ungewohnt …«

»Es von jemand anderem zu hören?«, erriet er meine Gedanken.

Ich nickte.

»Das ist normal. Es ist dein erstes Treffen, nicht wahr? Das merkt man. Bei meinem war ich nicht anders als du.

44

Ich war nervös und aufgedreht. Zwar hatte ich mich über meinen Drang informiert und wusste bestens über alles Bescheid, aber als sich mir das Lämmchen mir nichts dir nichts anbot, ohne ein Wort mit mir zu wechseln, war ich wie erstarrt.«

»Du konntest es nicht? Es essen, meine ich?«

Max schüttelte den Kopf. »Nein, es war eine junge Frau, wahrscheinlich minderjährig. Sie riss sich die Kleidung vom Leib, hielt mir ein Schlachtermesser entgegen und bat mich, ihr die Kehle aufzuschlitzen. Ich war nicht in der Lage dazu.«

»Wieso nicht?«

»Erstens begriff ich, dass ich lieber einen Mann verzehren würde. Beim Anblick ihres nackten Fleisches rührte sich bei mir nix, wenn du verstehst, was ich meine. Zweitens hatte ich das Gefühl, dass sie einfach nur getötet werden wollte. Ihr ging es nicht darum, gegessen zu werden. Sie wollte einen Suizid umgehen. Das schrieb sie mir ein paar Tage später. Dann las ich in der Zeitung, dass sich eine junge Frau von einem Hochhaus gestürzt hatte. Der Beschreibung und dem Ort nach müsste sie es gewesen sein. Davon abgesehen weiß ich also, wie du dich fühlst. Du bist überfordert. Das ist kein Problem, wir müssen nichts überstürzen.«

»Mit wie vielen hast du dich getroffen?«

»Du bist die fünfte Person.«

»Bisher war niemand Passendes dabei?«

»Einer wäre ein Kandidat gewesen, aber nach dem dritten Treffen zog er sich zurück und ich hörte nie wieder von ihm. Es ist nicht leicht, den richtigen Partner zu finden. Auch weil sich eine Menge Idioten in den Foren rumtreiben. Viele meinen es nicht ernst und sind auf ein

Sexabenteuer aus. Oder sie trauen sich nicht, wenn es so weit ist. Was für einer bist du?«

»Ich meine es absolut ernst.«

»Wie lange hast du dieses Verlangen schon?«

»Seit ich denken kann. Früher glaubte ich, mit mir würde etwas nicht stimmen. Irgendwann akzeptierte ich meine Fantasien und lernte, mit ihnen umzugehen.«

»Wieso jetzt? Wie kamst du darauf, deine Wunschträume in die Tat umzusetzen?«

»Ehrlich gesagt, bin ich ziemlich unbedarft, was das Thema angeht. Ich habe es derart verdrängt und versucht, ein Leben zu führen, das andere als normal ansehen, dass ich mich nie weiter damit beschäftigt habe.«

»Lass mich raten: Du wusstest nicht einmal, dass es Leute wie dich gibt?«

»So ungefähr, ja. Von Kannibalen hatte ich selbstverständlich gehört. Aber wenn solche Themen aufkamen, bin ich ihnen ausgewichen.«

»Danach gegoogelt hast du nie?«

»Bis vor Kurzem nicht, nein. Das hätte meine Gier verstärkt. Ich verdrängte sie und lebte mein Leben.«

»Was hat sich geändert?«

Ich erzählte ihm von dem Gespräch der Damen vor der Fleischtheke und dem, was darauf folgte.

»Da bist du nicht der Einzige«, ließ Max mich wissen. »Viele verdrängen ihre eigentliche Natur, weil es ihnen so beigebracht wurde. Ihnen wurde gelehrt, was als normal gilt und was nicht. Nur liegen die Eltern, Großeltern und Erzieher nicht immer richtig. Jeder, der etwas Andersartiges in sich spürt, wird es früher oder später rauslassen. Schau dir die Serienmörder an. Auch sie treibt ein Drang. Sie müssen töten. Sie können nicht anders. Zuerst sperren sie sich dagegen, leben, wie sie es anerzogen

46

bekamen. Irgendwann bricht es aus ihnen heraus und sie können nicht mehr aufhören.«

»Du weißt viel darüber.«

»Kein Wunder, ich habe mich – im Gegensatz zu dir – bestens informiert«, sagte er. Dann kam er zum Punkt: »Was meinst du, kann aus uns was werden?«

Äußerlich sprach er mich nicht an. Innerlich hatte der Junge einiges auf dem Kasten und es gefiel mir, mich mit ihm zu unterhalten. Die Frage, ob es mir gefallen würde, wenn er derjenige wäre, der mich essen würde, konnte ich ad hoc nicht beantworten. Der erwartete Knall, wenn ich meinem Schlachter gegenüberstand, war ausgeblieben und mein Leben würde vorerst weitergehen. Max musste ich jedoch nicht gleich in den Wind schießen. Ein weiteres Date schloss ich nicht aus. Das sagte ich ihm.

»Das freut mich!«, bekundete er lächelnd. »Das nächste Mal können wir uns ruhig tagsüber sehen. Noch mal sorry für meinen übertriebenen Auftritt, aber der zieht bei den meisten.«

»Kann allerdings auch abschreckend wirken«, gab ich zu. »Sich nachts mit einem Fremden zu treffen, kann angsteinflößend sein.«

»Natürlich, aber das schreckt diejenigen ab, die nicht ernsthaft auf der Suche sind.«

Max stand auf und zog einen Gegenstand aus seiner Hosentasche. Es war ein Skalpell.

Kapitel 6

»Was hast du vor?«, fragte ich beunruhigt, als Max lächelnd auf mich zukam.

»Keine Angst. Sieh es als einen Test an. Bleib ganz ruhig.« Behutsam krempelte er meinen Pullover hoch, strich über meinen behaarten Arm, küsste ihn. Einen Moment war ich wie erstarrt und wusste nicht, was ich davon halten sollte. Schwul war ich definitiv nicht, dennoch beflügelte Max' Annäherung meine Fantasie. Meine Atmung beschleunigte sich, als stünde ich kurz vor dem Sex mit meiner Frau. In meiner Lendengegend kribbelte es.

Max führte das Skalpell an meine Haut. In meinem Kopf explodierte es. Bilder, wie er mich zerschnitt und aufaß, überfluteten mich. Der Wunsch, der mich all die Jahre begleitet hatte, konnte Realität werden. Als mich all diese Gefühle überwältigten, war mir egal, dass er ein pickeliger Teenie war.

Das Skalpell durchtrennte meine Hülle, Blut zwängte sich hervor. Max wartete ab, beobachtete mich. Ich nickte ihm zu und er schnitt tiefer. Ein Stück meines Fleisches trennte sich von mir. Was über Jahrzehnte zusammengehört hatte, wurde entzweit. Es war nur ein kleiner Spalt, höchstens zwei Zentimeter. Schmerzen spürte ich nicht, bloß Erregung. Und das zeigte die Beule in meiner Hose deutlich.

Max führte seine Lippen an die Wunde, streckte seine Zunge aus, kostete meinen Lebenssaft. Das überwältigte mich vollends. Einer Explosion gleich entlud sich mein Samen. In meinem Kopf tanzten Sterne des Glücks und das Denken schaltete ab. All die Jahre hatte ich damit

49

hinter dem Berg gehalten, hatte es verdrängt und versteckt. Jetzt war es ein wahres Feuerwerk.

Max stand auf, wischte das Skalpell und seinen blutigen Mund mit einem Taschentuch ab.

»Wie ich sehe, hat es dir gefallen«, deutete er an, indem er auf meine Hose wies.

Ich nickte und keuchte, als wäre ich zehnmal hoch- in den fünften Stock und wieder hinuntergerannt.

»Ich weiß, dass mein Erscheinungsbild nicht das ansprechendste ist«, gab er zu. »Deine Blicke habe ich registriert. Glaub mir, ich habe viel versucht, damit es besser wird. Nichts hat geholfen.« Er gab mir ein Taschentuch, das ich auf die blutende Wunde drückte. »Wenn du das ausblenden kannst, kann ich dir eine Menge geben. Es müsste nicht gleich bis zum Äußersten gehen. Wie du siehst, reicht ein kleiner Schnitt. Wir könnten uns vor dem Ende amüsieren.«

»Das ... muss ich mir überlegen«, sagte ich außer Atem. Die Erregung flachte ab. »Das war ein bisschen viel für einen Abend.«

»Das verstehe ich. Meld dich, wenn du ein zweites Treffen möchtest.«

Er begleitete mich zum Auto, verabschiedete sich und verschwand in der Nacht.

Scheiße, ist das gerade tatsächlich passiert?, fragte ich mich.

Mir wurde bewusst, wie gigantisch der Unterschied zwischen Fantasie und Realität war. Mit Vorteilen für die Wirklichkeit. In jungen Jahren hatte ich ausprobiert, wie es war, sich selbst zu schneiden. Das kam bei Weitem nicht an meine Visionen heran und wurde von meinen Eltern zur Krönung als Borderlinestörung verstanden.

Das Gefühl, wenn ein anderer die Klinge führte, war unvergleichlich. Nie hätte ich mir das vorstellen können.

50

Und es verstärkte meine Sehnsucht, jemand würde von mir essen, bis ich starb. Wenn ein winziger Schnitt einen derartigen Vulkan in mir zum Ausbruch brachte, würde der endgültige Akt den Urknall auslösen.

Würde Max derjenige sein? Was, wenn es wie bei Drogen war, deren Wirkung abflachte, sodass man eine immer größere Dosis benötigte? Was, wenn es einen gewissen Gewöhnungseffekt gab und jede Wunde, die ich vor meinem Tod beigefügt bekam, den Urknall vereitelte? Das war ein Risiko, das ich bedenken musste. Es war wie bei vielen Dingen: Autos, Häuser, Möbel – man sollte nicht gleich das erstbeste Angebot nehmen, sondern sich weiter umsehen. Es gab andere Schlachter da draußen, die ich mir nicht entgehen lassen wollte.

Einer davon hatte sich gemeldet, während ich mit Max zugange war. Als ich im Auto saß, öffnete ich die Nachricht. Da mein Körper noch in Wallung war, sprachen mich die Zeilen sofort an.

Hey Rob,

du bist ein Suchender? Ein Gebender? Derjenige, der meine Wünsche wahr machen kann? Lange verzehre ich mich nach dem ultimativen Erlebnis.

Die Offenheit in deinem Text spricht mich an. Du bist vielleicht der, nach dem ich suche. Schreib mir, wenn du das Paradies finden willst.

LenaXmM

Falls sich hinter dem Forumsnamen kein Mann versteckte, wäre es klug, auszuprobieren, ob bei mir das Geschlecht ebenfalls eine Rolle spielte. Eine Tendenz hatte ich. In all den Jahren, die ich mit Bine zusammen war, hatte ich nie den Wunsch gehegt, dass sie es sein sollte,

51

die von mir aß. Sofort schrieb ich Lena zurück, dass ich einem Treffen nicht abgeneigt sei.

Ich schaute auf die Uhr und erschrak. Es war später, als ich gedacht hatte. Mit der Rückfahrt würde ich nur ein paar Minuten vor dem regulären Feierabend meiner Frau ankommen. In der Hoffnung, dass bei ihr Überstunden fällig waren, trat ich aufs Gaspedal und schaffte es gerade rechtzeitig.

Kurz darauf kam Bine nach Hause und wunderte sich. »Du bist wach?«

Das kam selten vor. Wenn sie Nachtschicht hatte, beförderte sie mich normalerweise mit dem Geruch von Kaffee aus dem Bett. Heute war ich es, der ihn aufgesetzt hatte.

»Konnte nicht schlafen«, sagte ich.

»Du siehst kaputt aus, als hättest du kein Auge zugetan.«

Meine Frau kennt mich zu gut ...

Die Wunde an meinem Arm hatte ich verbunden und würde sie bis zum Nachmittag vor ihr verstecken. Dass ich mir auf der Arbeit Schnitte und Prellungen zuzog, war nichts Neues.

»Wie war deine Schicht?«, lenkte ich von mir ab.

»Besser als die letzte. Oder sagen wir: Es ist niemand aus dem Fenster gesprungen. Ansonsten hatten wir zwei frisch Operierte, die uns die ganze Nacht auf Trab hielten. Der Rest ergab sich seinem Schicksal und machte kein Theater.« Sie trank einen Schluck Kaffee. Dabei fielen ihr fast die Augen zu. Die Dosis Koffein würde sie nicht daran hindern, tot ins Bett zu fallen und sofort zu schlafen, sobald ich das Haus verlassen hatte. Bines Körper war so an den wach machenden Stoff gewöhnt, dass er kaum noch Einfluss auf sie nahm. Eher genoss sie das

52

Gebräu aus Gewohnheit als wegen des Wach-mach-Effekts.

»Hast du was von Ronja gehört?«, fragte sie.

Ich schüttelte den Kopf.

»Gut«, sagte sie und lachte. »Wenn unsere Tochter schweigt, geht es ihr prächtig. Holst du sie nachher von der Schule ab und bringst sie zum Kieferchirurgen? Die Spange muss nachgezogen werden. Ich würde sie ja fahren, hab aber den Termin beim Frauenarzt. Der jährliche Check-up steht an.«

»Das ist kein Problem«, meinte ich und gab ihr einen Kuss auf die Stirn. Dass ich heute diese Pflicht zu erfüllen hatte, hatte Bine mir vor vier Wochen mitgeteilt. Seitdem bekam ich die Erinnerung an diesen Auftrag einmal wöchentlich aufgetischt – zur Auffrischung, versteht sich. Uns Männern haftet das Vorurteil an, nicht zuzuhören, und das meiste, was die Herzdame sagte, Sekunden später zu vergessen. Das stimmt nicht ganz. Wir sind gut darin, das Wichtige vom Unwichtigen zu trennen. Dass dabei Informationen durchrutschten, die für uns eine Lappalie, für die Frau aber lebensnotwendig sind, liegt auf der Hand. Wenn es um Ronja ging, war ich in Gesprächen jedoch zu einhundert Prozent aufmerksam.

»Kannst du dir dein Brot für die Arbeit selbst schmieren? Ich will duschen, ich fühle mich schmutzig.«

»Klar, kein Ding.«

Wir küssten uns und sie verschwand nach oben. Kurz darauf vibrierte mein Handy. Ich hatte eine Nachricht von Lena. Sofort kribbelten meine Füße. Die Erinnerungen an das Erlebnis mit Max waren noch frisch und die Spannung, was ich mit Lena erleben könnte, ließ mich vor Aufregung fast platzen.

Ob ich ein schlechtes Gewissen meiner Familie gegenüber empfand? Nicht einen Moment. Den beiden ging es prima, ihnen fehlte es an nichts. Bis zu ihrem Tod würden sie keine finanziellen Probleme haben. Dafür würde meine Lebensversicherung sorgen, die ich ohne Bines Wissen vor Jahren abgeschlossen hatte. Sie umfasste sämtliche Todesarten, selbst bei einem Suizid würde Kohle fließen.

Das Geld und das geerbte Unternehmen würden meine Angehörigen vergessen lassen, was geschehen war. Ihre Liebe zu mir würde verblassen. Der Schock darüber, wer ich in Wahrheit gewesen war, würde vergehen. Ich schob die Gedanken beiseite. Vielleicht waren diese Rechtfertigungen doch eine Art schlechtes Gewissen. Einerlei. Was zählte, war das, was Lena geschrieben hatte.

Hey Rob,
freut mich, von dir zu hören. Das zeigt, dass du deinem Schicksal entgegenfieberst und den ultimativen Kick herbeisehnst. Wenn es dir ernst ist, komm heute zu dieser Adresse.

Der Straßenname sagte mir nichts und ich schaute im Navi nach. Schnell fand ich heraus, dass die Anschrift wieder in einem Gewerbegebiet lag. Dreißig Minuten Fahrzeit entfernt. Es war eine gute Idee gewesen, im Forum das Bundesland anzugeben, so meldeten sich nur Leute aus Nordrhein-Westfalen.

Als Zeitpunkt gab Lena zehn Uhr an. Erst überlegte ich, sie um ein Treffen in der Nacht zu bitten. Aber warum? Ich war der Chef. Herr Hermann musste damit klarkommen, wenn ich ein paar Stunden auf dem Bau schwänzte und Patrick und Gassi das Ruder

54

übernahmen. Ich hatte zu meinen Jungs vollstes Vertrauen. Und falls die Begegnung mit Lena ein Reinfall war, würde ich früh genug fertig sein, um Ronja von der Schule abzuholen und mit ihr zum Arzt zu fahren.

Mein neues zweites Leben erhöhte den Stresslevel. Ich war zuversichtlich, dass dieser Zustand nicht lange anhalten würde. Irgendwann hätte es ein Ende und ich würde nichts mehr empfinden. Keinen Schmerz, keine Liebe und erst recht keinen Stress.

Ich belegte mir zwei Brote mit Käse, wickelte Papier darum, warf sie zusammen mit einer Fleischtomate in meine Brotdose und fuhr zur Baustelle. Als ich vor Hermanns Haus hielt, erreichte mich eine Nachricht von Kuru-Guy, dem User mit dem furchtbaren Song. Ich las sie mir nicht durch und begrüßte stattdessen meine Jungs. Sie bereiteten alles für die heutigen Arbeiten vor. Sofort ließ ich sie wissen, dass ich bald weg sein und heute nicht zurückkehren würde. Für Gassi und Patrick war das kein Problem. Das kam Sekunden später, in der Hand einen Kaffee: Herr Hermann.

»Guten Morgen, Meister«, frohlockte er, erfreut darüber, dass es der Chef pünktlich geschafft hatte.

Ich nahm ihn zur Seite. »Hören Sie, ich weiß, wie viel Wert Sie darauf legen, dass ich die Hauptarbeit erledige, aber heute müssen Sie mit meinen Jungs vorliebnehmen.«

Auf anderen Baustellen war das normal. Es war eher ungewöhnlich, dass wir zu dritt an einem Auftrag schufteten. Den meisten Auftraggebern war es egal, wer ihr Dach reparierte. Jedoch gab es Ausnahmen wie Hermann.

»Das war so nicht abgemacht«, brummelte er.

55

»Glauben Sie mir, könnte ich das ändern, würde ich es tun. Meine Tochter ist krank. Ich muss mit ihr zum Arzt. Sie haben selbst Kinder. Sie wissen bestimmt, wie das ist, wenn die Frau einen zum Krankenwagenfahrer degradiert.«

Er nickte. »Ist zwar viele Jahre her, unsere sind längst aus dem Haus, aber ich weiß, was Sie meinen.«

Das klang wie ein Zugeständnis seinerseits. Ich klopfte ihm freundschaftlich auf die Schulter. »Schauen Sie sich an, wie meine Leute arbeiten. Das wird Sie davon überzeugen, dass sie ebenso gute Ergebnisse abliefern wie ich. Vertrauen Sie mir.«

»Ich werde es versuchen«, sagte er und betrachtete meine Jungs mit abfälligem Blick. Ich wartete darauf, dass Hermann einen Spruch brachte wie: ›Mal abwarten, ob die Kanaken was können‹. Aber der gealterte Nazi blieb stumm.

Ich besprach kurz mit Patrick und Gassi den Tagesplan, bat sie, keine Scheiße zu bauen, und verabschiedete mich von ihnen bis zum Montag.

Wieder stellte ich mir die Frage: *Ist es das letzte Mal, dass ich sie sehe?* Nicht auszuschließen. Jedoch hatte mein erstes Treffen mit einem Kannibalen mir die romantische Vorstellung ausgetrieben, alles würde glatt laufen und ich würde sofort meinen Schlachter finden. Ich sah die Sache realistischer. Selbst wenn Lena diejenige werden sollte, die mir das Leben aus den Knochen lutschen würde, musste das nicht heute passieren.

Max hatte mir gezeigt, dass die Sucht kontrollier- und planbar war. Dass man einen Termin für das betörendste Dinner aller Zeiten ausmachen und sich darauf vorbereiten konnte. Sich von den Liebsten verabschieden. Letzte Vorkehrungen für das eigene Ableben treffen.

56

Dafür war ich Max dankbar. Und dafür, dass er mir durch den Schnitt deutlich gemacht hatte, dass ich auf dem richtigen Weg war. Nur würde er mich vielleicht auf diesem nicht weiter begleiten. Je länger unsere Begegnung zurücklag, umso unwahrscheinlicher wurde es, dass der pickelige Jungspund mein Schlachter werden würde.

»Und was ist mit dir, Lena?«, fragte ich und gab die von ihr angegebene Adresse ins Navi ein. Ich hatte genug Zeit, sie pünktlich zu erreichen. So konnte ich mich vorher umsehen. Anders als in der Nacht, in der ich mich Hals über Kopf ins Abenteuer gestürzt hatte. Ich handelte bedachter und mit mehr Vorsicht. War das ein Anflug von Gewöhnung? Gar Routine?

»Wie dem auch sei«, murmelte ich.

Ein paar Minuten zu früh erreichte ich den vereinbarten Ort.

»Gerade noch rechtzeitig!«, fiel mir siedend heiß ein.

Ich hatte nicht nur um zehn Uhr ein Date mit Lena, um diese Zeit begann auch das Referat meiner Tochter.

»Ich hoffe, ihr habt gestern Abend wirklich geübt.«

Schnell schickte ich ihr eine aufbauende Nachricht, dass ich ihnen viel Glück wünschte und dass sie das Kind schon schaukeln würden. Innerhalb weniger Sekunden bekam ich einen Kuss-Smiley zurück und sah es Ronja nach, dass sie mitten im Unterricht auf ihr Handy geschaut hatte. Ich steckte meines weg und schaltete vom müden Familienvater um auf hellwaches Schlachtvieh. Meine Füße kribbelten. Das taten sie oft, wenn ich aufgeregt war. Es war Zeit für Veränderungen und die warteten in diesem Gebäude, das aussah wie eine Autowerkstatt.

57

Zehn Minuten zu früh stieg ich aus und ging darauf zu. An der Tür klebte ein Zettel, auf dem stand: *»Heute geschlossen. Rob, bitte klingeln.«*

Dass Lena wegen mir extra das Geschäft schloss, ehrte mich und jagte ein weiteres Kribbeln durch meine Füße. Offenbar rechnete sie sich aus, dass gleich mehr passieren würde als bloßes Kennenlernen.

Ich klingelte. Die Tür öffnete sich und ich war gleichsam positiv überrascht und verwundert.

Die Frau, die mir gegenüberstand, war jung, schlank und hübsch. Ihr Kleidungsstil war gewöhnungsbedürftig und ließ mich wieder an Kuru-Guy und sein beschissenes Lied denken. Als mein Bruder damals diese Art von Musik gehört hatte, war er ebenso wie die Dame vor mir komplett in Schwarz gekleidet und hatte sich Schminke derselben Farbe ins Gesicht geschmiert. Gemeinhin würde man diese Art von Lifestyle als ›Gothic‹ bezeichnen, aber das war zu engstirnig gedacht, weil es so viele verschiedene Arten gab, die man als Außenstehender nicht kannte. Chris hatte sich als ›Metalhead‹ bezeichnet. Mir war das egal. Hip-Hop hatte mir damals besser gefallen und ich war froh, als seine dunkle Phase vorbei war.

»Rob?«, fragte sie lächelnd.

»Lena?«, entgegnete ich genauso freundlich.

Sie machte eine einladende Geste und ließ mich in die Werkstatt. Ich sah mehrere Autos, manche standen auf dem Boden, andere auf Hebebühnen.

»Das hier gehört meinem Freund …«, verriet sie. »Du musst dir keine Sorgen machen, wir teilen unsere Leidenschaft.«

Wie aufs Stichwort kam ein ebenso schwarz gekleideter Kerl aus einem Büro. Sein halbes Gesicht war
58

tätowiert. Er wirkte abschreckend und faszinierend zugleich. Ich war erleichtert, dass er da war. Sicherlich, Lena war eine außerordentliche Frau, doch geflasht hatte mich ihr Anblick nicht. Der ihres Kumpans schon eher.

Was würde Max dazu sagen? War die Vorliebe, von einem Mann gegessen zu werden, evolutionär bedingt? War es erregender, von einem starken Krieger überwältigt zu werden als von einer vermeintlich schwächeren Walküre?

Vielleicht muss einfach der Mensch passen und das Geschlecht ist egal, dachte ich.

»Grüß dich«, sagte er und reichte mir eine tätowierte Hand. »Mein Name ist Belial.«

Ich ahnte, dass dies nicht sein richtiger Name war. Zumindest hoffte ich, dass kein Standesamt zulassen würde, dass Eltern ihr Kind nach einem Dämon aus der Bibel benannten. Ich kannte ihn durch meine katholische Erziehung. Kurz überkam mich Schwermut. Ich hatte meine alten Herrschaften auf eine Art geliebt, aber sie waren kompliziert gewesen und hatten unsere Kindheit schwerer gestaltet, als sie hätte sein müssen. Für meinen Bruder war es hart gewesen, sich vor ihnen zu outen. Für Christen wie sie kam Homosexualität dem Todesurteil gleich, das ihr Herrgott in seiner Scheißbibel für Schwule und Lesben forderte. Unbehagen kam in mir auf, als ich an die beiden dachte und schloss sie wieder in die Zelle ein, aus der sie gekrochen kamen.

»Rob«, stellte ich mich vor. An Belials Lächeln erkannte ich, dass das nicht nötig gewesen wäre. Er kannte den Namen seines Schlachtviehs.

Sein Blick wanderte zu Lena, sie nickten sich zu. Hieß das, ich passte in ihr … Beuteschema? Offenbar schon, denn sie bot mir einen Kaffee an. Der Moment, in dem

59

wir uns mit den dampfenden Wachmachern in einen Pausenraum begaben und uns auf Stühle setzten, hatte etwas Entromantisierendes. Ich kam mir vor wie der Handwerker Rob, nicht wie das Lämmchen, das auf den Verzehr wartete. Das gefiel mir nicht. Als Lena und Belial anfingen, mich auszufragen, erkannte ich den Sinn dahinter. Wie Max wollten sie sich vergewissern, einen Willigen vor sich zu haben und nicht jemanden, der es sich vor dem ersten Schnitt anders überlegte.

»Und ihr habt dieselben Vorlieben?«, fragte ich.

Lena nickte und zeigte mir ihre Unterarme. »Ich stehe auf beides«, verriet sie und fuhr mit feingliedrigen Fingern die Narben und frischen Wunden ab. Das ließ mich wieder an Max denken. *Verdammt, der Kerl geht mir nicht aus dem Kopf!*

»Letztes Jahr aß er ein Stück von mir«, sagte sie, stand auf und zog sich kurzerhand den Rock runter. Sie trug keine Unterwäsche und ihre Scham war glatt rasiert. Ich errötete, weil es unerwartet kam. Sie drehte sich um und präsentierte ihren wohlgeformten Po. Mitten auf der rechten Backe befand sich eine Delle, die wie ein Meteoriteneinschlag wirkte.

Belial strich darüber und leckte sich die Lippen. »Ich schnitt es ihr heraus, briet es vor ihren Augen und verspeiste es. Es war, als würde in mir ein Planet explodieren.« Dann wanderte seine Hand auf meinen Arm. »Wir sind anders, du bist anders. Wir sind froh, dich gefunden zu haben. Viele geben vor, das zu wollen, was du willst, aber man merkt ihnen an, dass sie Spielchen treiben, es aber nicht ernst meinen. Bei dir ist das nicht so.«

Meine Antworten hatten sie offenbar zufriedengestellt. Auch ich war mit ihren Aussagen und der Optik einverstanden. Mehr als mit Max. Wenn mein Körper bei

60

seinen Berührungen derart reagiert hatte, wie würde es erst bei Lena und vor allem Belial sein?

Das, so ihr Vorschlag, könnte ich sofort herausfinden. Sie hätten in einem Hinterzimmer Vorbereitungen getroffen.

Ich schaute auf die Uhr. Es war früher Nachmittag. Bis ich Ronja von der Schule abholen sollte, blieb nicht viel Zeit. Falls ich es mit den beiden nicht durchzog, musste ich mich ranhalten. Wenn ich es machte, würde meine Tochter ohnehin vergeblich auf mich warten.

Als ich nicht reagierte, sagte Belial: »Du kannst es dir erst einmal ansehen und dann entscheiden. Wir wissen, dass es für euch Schweinchen nicht einfach ist. Alles soll perfekt sein. Das ist mehr als verständlich. Was meinst du?«

»Okay, zeigt es mir.«

Vielleicht würde der Ort, den sie für mein Ableben vorbereitet hatten, meine Meinung über sie festigen. Sie waren definitiv geeignet, mich zu essen. Besonders Belial. Er war eine stattliche und beeindruckende Persönlichkeit. Der Gedanke, in seinem Magen verdaut und durch sein Verdauungssystem wieder ausgeschieden zu werden, machte mich vor Erregung schier wahnsinnig. Während ich ihnen in den hinteren Teil der Werkstatt folgte, kribbelten meine Füße derart, dass ich kaum geradeaus laufen konnte.

»Hier ist es«, sagte Lena und deutete auf eine geschlossene Tür. Auf ihr prangte das Zeichen eines umgedrehten Pentagramms. Das kannte ich auch aus der wilden Zeit meines Bruders. Anscheinend hatte jeder, der diese Art der düsteren Musik konsumierte, den Hang zu Okkultem und dem Teufel in persona.

Belial und Lena wirkten aufgeregt.

»Los, schau es dir an«, forderte sie mich auf.

Ich ergriff die Türklinke. In meinem Schritt pochte es, die Füße kitzelten, als würde ich barfüßig über Juckpulver schreiten. Schwungvoll drückte ich die Tür auf und mit einem Schlag war es mit meiner Erregung vorbei. Ein Gestank unbekannten Ausmaßes schlug mir entgegen. Es war dunkel, ich konnte nicht erkennen, wo er herkam.

»Geh hinein!«, verlangte Belial grob. Seine Stimme hatte sich verändert. Hatte er zuvor freundlich geklungen, erinnerte sein Sound jetzt eher an den namensgebenden Dämon.

Dann wurde ich geschubst und rutschte wie über Eis in die Düsternis.

»Schalte das Licht ein, lass es ihn sehen. Das ist unser Werk!«, rief Belial, wie ein Politiker es vom Rednerpult aus tun würde. Seine Worte sollten mich animieren, zeigten den Stolz auf das, was sie erschaffen hatten. Als Lena die Lampe erstrahlen ließ, überkamen mich Ekel und Abneigung.

»Was zum Teufel ist das?«, entfuhr es mir.

»Das trifft es ziemlich genau«, sagte er und packte mich am Arm. »Das haben wir für ihn geschaffen. Es ist unser Tribut an ihn. Wenn du willst, kannst du ein Teil davon sein.«

So kräftig, wie er zupackte, bezweifelte ich, dass ich eine Wahl hatte. Gern wäre ich geflüchtet, aber meine Beine waren wie erstarrt, meine Augen hypnotisiert vom Grauen aus Fleisch und Blut. Die Wände und der Boden waren bedeckt damit. Es sah aus, als hätten sie eine Granate in den Arsch eines Elefanten gesteckt und abgewartet, was passiert. Dass das Gewebe nicht nur tierischen Ursprungs war, erkannte ich an den Extremitäten, die an

62

der Decke baumelten. Wie Christbaumkugeln hingen sie da, schwangen hin und her, als hätte sie ein Lüftchen dazu animiert.

Belial zog mich weiter in den Raum hinein. Der widerlich süßliche Gestank kroch in meine Nase. Die Verwesung schmeckte ich auf der Zunge. Ich würgte. Das hatte nichts von dem, was ich mir in meinen Träumen ausgemalt hatte. Darin war ein Hauch Zärtlichkeit, Romantik, obendrein Liebe enthalten gewesen. Die Liebe zu menschlichem Fleisch und dessen Verzehr. Die Zuneigung zwischen Schlachttier und Metzger war in jedem Winkel meiner Fantasien zu spüren. Und das? Das war ein Gemetzel. Eine Eskalation der Gewalt gegen humane und animalische Körper.

Und was ist das da hinten? Ein Kopf auf einem Silbertablett?

Nun würgte ich nicht nur, sondern kotzte mir die Seele aus dem Leib. Dem Schädel krochen wohlgenährte Käfer und Maden aus den Augenhöhlen und dem Mundraum. Die Haare der armen Frau hatten Belial und Lena wie bei einem Schrumpfkopf auf der Oberseite zu einem Zopf gebunden und ihn mit irgendetwas verstärkt, damit er in die Höhe zeigte wie ein Speer.

»Ich hege Zweifel«, kam es von Lena.

Die hege ich allerdings auch!, wollte ich sagen. Heraus kam ein Schwall Erbrochenes, der neben dem Leichnam eines Hundes oder einer Katze landete.

»Woran?«, brummte Belial und zwang mich, mich auf einen Stuhl zu setzen. An dessen Armlehnen war eine Vorrichtung, um das Schlachtgut festzuketten.

Das läuft in die falsche Richtung! Vom einvernehmlichen Dinner zwischen Kannibalen und Freiwilligem zu einem Opferritual binnen Sekunden – oder was ist hier los?

63

»Dass er der Richtige ist«, führte Lena ihre Bedenken zu Ende.

»Du irrst dich, er ist perfekt. Nur noch ihn. Das schwöre ich dir. Danach wird er sich erheben und uns an seiner Macht teilhaben lassen. Heil Satanas Abraxas!« Belial packte eines meiner Handgelenke und wollte es am Stuhl fixieren.

Ich riss mich los, stieß den Mann von mir und sagte knurrend: »Und ob ihr den Falschen habt! Bei eurer Scheiße mache ich nicht mit. Das ist nicht das, was ich mir vorgestellt habe. Sucht euch einen anderen Idioten für euren Mist!«

Damit hatte ich meinen Standpunkt klargemacht und rechnete mit keinem Einwand. Jedenfalls nicht von Lenas Seite. Sie senkte den Kopf und machte den Weg frei, indem sie von der Tür wegtrat.

Belial war gegenteiliger Meinung. Er sah nicht ein, meine Entscheidung zu akzeptieren und griff mich an. Wie ein Wrestler stieß er mich um, landete auf mir. Ein spitzer Knochen bohrte sich in meinen Rücken. Die Feuchtigkeit des Blutes und der verteilten Innereien zog in meine Kleidung.

»Er muss es freiwillig tun!«, schrie Lena.

Keine Einsicht von ihrem Gespielen. Er legte seine tätowierten Hände um meinen Hals und drückte zu. Binnen Sekunden wurde mir schwindlig. Ich hatte nur eine Chance, den wild gewordenen Dämon aufzuhalten. Also sammelte ich meine Kräfte und zog mein Knie hoch. Es krachte in Belials Kronjuwelen. Jaulend wie ein Hund kippte er zur Seite.

»Das wirst du bereuen!«, fluchte er.

Ich sprang auf die Beine, eilte zur Tür, blieb kurz stehen und sagte zu Lena: »Du solltest dir wirklich einen neuen Freund suchen.«

Ich rannte aus der Werkstatt. Der Gestank aus dem Gruselzimmer verfolgte mich. Er war so stark, dass selbst die frische Luft nicht die Macht hatte, ihn zu vertreiben. Ohne darauf zu achten, ob mich jemand sah, riss ich mir die versifften Klamotten vom Leib, nahm mir eine Flasche Wasser aus meinem Wagen und wusch mich, so gut es ging. Wechselklamotten hatte ich zum Glück immer dabei. Es kam vor, dass ich von einer Baustelle zu einem Kunden fuhr. Da war es besser, sich sauber zu kleiden, als im Blaumann aufzutauchen. Die versaute Kleidung warf ich in eine Plastiktüte und verstaute sie im Kofferraum. Der Geruch haftete dennoch an mir. Und der Blick auf die Uhr brachte mich zum Verzweifeln. In einer halben Stunde sollte ich Ronja von der Schule abholen. Die hatte ich allein als Fahrzeit. Dazu kam, dass ich meine Reinigung ansteuern musste. Die Angestellten würden keinerlei Fragen stellen. Sie waren es gewohnt, dass meine Sachen streng rochen.

Belial stolperte aus der Werkstatt, drohte mir mit der Faust.

Ich zeigte auf ihn und rief: »Bleib mir vom Leib, du Wichser oder ich mach dich kalt!« Eine Wut überkam mich, die ich lange nicht gespürt hatte. Gewöhnlich war ich ein friedliebender Typ, der keiner Fliege etwas zuleide tat. Aber dieser Kerl hatte vor, mich gegen meinen Willen Satan zu opfern, statt mich meines Wunsches gemäß genüsslich und in Würde zu verspeisen. Sie wollten mich töten, das stand fest, jedoch nicht so, wie ich es mir wünschte. Sie hatten mich eiskalt übers Ohr gehauen.

Ich erinnerte mich an Max' Worte, dass man in den Foren nicht nur die Leute fand, nach denen man suchte, sondern auch Menschen, die sich einen Spaß erlaubten, auf ein Sexdate aus waren oder gänzlich andere Absichten hatten. Dieses Pärchen gehörte definitiv zur letzteren Sorte. Es gab mir zu denken, dass ich gleich bei meinem zweiten Treffen auf diese Kategorie Arschlöcher gestoßen war.

»Falls du verrätst, was du gesehen hast ...«, setzte Belial an.

»Keine Sorge«, sagte ich, stieg ins Auto und brauste davon.

Gern hätte ich die Bullen gerufen und ihnen verklickert, was ich erlebt hatte und was Lenas und Belials Plan mit mir gewesen war. Da gab es jedoch mehrere Probleme: Erstens der Chatverlauf zwischen ihnen und mir, zweitens könnten sie sich mein Nummernschild aufgeschrieben haben und mich darüber finden; Rache war nicht ausgeschlossen. Drittens waren wir nicht allein in diesem Gewerbegebiet. Jemand könnte uns beobachtet haben. Wenn ich die Polizei aktivierte, würden die Beamten die Nachbarn befragen und mich vielleicht aufspüren. Niemals!

Ich zog es vor, sie ihrem Treiben ungehindert zu überlassen und sie schnellstmöglich zu vergessen. Das war moralisch verwerflich, da so andere in ihre Fänge geraten könnten. Ich glaubte nicht, dass die Toten in der Werkstatt es freiwillig getan hatten, wie von Lena gefordert. Die beiden gehörten eher zur Sorte Killerpärchen. Aber das war nicht mehr mein Problem.

»*Fuck!*«, fluchte ich und schlug auf das Lenkrad. Mein Auto machte einen Schlenker und ein anderer Fahrer hupte mich an.

66

»Ach, leck mich doch!«, schimpfte ich, als mich die Luxuskarosse mit aufheulendem Motor überholte.

Auf der Rückfahrt nach Duisburg wurde mir bewusst, dass es schwieriger werden würde als gedacht, meinen Traum zu erfüllen. Meinen persönlichen Schlachter zu finden würde mehr Zeit in Anspruch nehmen, als ich mir vorgestellt hatte. Konnte ich damit leben? Mit Sicherheit. Ich tat das seit vielen Jahren. Wann mir zum ersten Mal der Gedanke gekommen war, dass gegessen zu werden ein erstrebenswertes Lebensziel war, wusste ich nicht. Es fing auf jeden Fall früh an und potenzierte sich im Laufe meiner Pubertät. Meine Eltern und Verwandten verstärkten mein Verlangen mit ihrem Verhalten.

Während mein Wagen auf der Autobahn dahinglitt, fiel mir eine Situation an Heiligabend ein. Ich war zwölf und mein Bruder acht. Wir freuten uns dermaßen auf die Geschenke, dass wir die Nacht zuvor nicht geschlafen hatten.

Kapitel 7

Vor achtundzwanzig Jahren

Unsere Eltern wären nicht unsere Eltern, wenn sie nicht ein Ass im Ärmel gehabt hätten, um uns auch dieses Weihnachtsfest zu versauen. Wie es in einer harmonischen Familie ablief, wussten wir nur von Freunden oder aus dem Fernsehen. Bei uns fand nur eine emotionslose Zeremonie statt, während der wir beteten und trockenes Brot aßen.

Dennoch hatten mein Bruder und ich jedes Mal die Hoffnung, dass sich etwas änderte, unsere alten Herrschaften eine 180-Grad-Wende vollzogen und ihren Jungs das schönste Weihnachten ihres Lebens bescheren würden. Kindliche Naivität eben.

Aber auch in diesem besagten Jahr hielten sie an ihrer Tradition fest. Sie toppten das, indem sie Onkel Herbert zu uns einluden, da der wenige Wochen zuvor seine Frau verloren hatte. Angeblich war sie die Treppe hinuntergestürzt. Ganz ehrlich? Das hatte ihm niemand abgekauft. Allerdings hatten der Polizei Beweise gefehlt, um ihn des Mordes wegen zu überführen.

Der Bruder meiner Mutter war vor dem Tod unserer Tante selten zu uns gekommen. Nach diesem Heiligabend ging er jedoch bei uns ein und aus und wohnte sogar zeitweise bei uns.

Das wäre kein Problem gewesen, wäre er ein netter Mann. Doch das war er nicht. Bei den gelegentlichen Begegnungen zuvor war er mir suspekt vorgekommen, obwohl ich mit zwölf nicht einmal die Bedeutung des Wortes kannte. Nach besagtem Fest am Vierundzwanzigsten hasste ich Herbert.

Doch der Reihe nach.

Das Weihnachten vor achtundzwanzig Jahren begann wie jedes davor. Meine Eltern starteten mit ihrem eigens für unsere Familie kreierten Ritual, indem wir am Esstisch saßen und trockenes Brot aßen. Gebete folgten, Maßregelungen für uns kamen im Anschluss. Wir müssten brav sein, das tun, was die Erwachsenen sagten und den materiellen Dingen abschwören, weswegen es wie üblich keine Geschenke gab. Chris' und meine Enttäuschung war groß. Dann klingelte es und Onkel Herbert kam herein. Er war anders als seine Schwester. Er trank, rauchte und gab einen Scheiß auf die Kirche. Warum meine Mutter sich mit ihm abgab, verstand ich nicht. Sie ließ sich von ihm rumkommandieren, machte ihm am Heiligabend sogar Rührei, holte ihm Bier von einer Tankstelle und Vater überließ ihm den Fernsehsessel.

Diese Situation war so seltsam, dass Chris und ich uns freiwillig auf unser Zimmer verdrückten. Es gab im Haus Platz genug, dass jeder von uns ein eigenes hätte haben können, doch Mama und Papa waren der Meinung, ihre Söhne müssten lernen, im Leben mit wenig auszukommen.

Also verbrachten wir die meiste Zeit draußen und spielten im Garten. Auch darauf verzichteten wir an diesem Tag und blieben auf unseren Zimmern, obwohl ausnahmsweise Schnee lag. Weil wir Onkel Herbert aus dem Weg gehen wollten. Er stank nach Zigarettenrauch und er fummelte sich ständig am Rauschebart herum, was ein unangenehm kratzendes Geräusch erzeugte.

Irgendwann putzten wir uns die Zähne und gingen wie jeden Abend selbstständig und ohne Gutenachtkuss ins Bett. Meine Eltern machten da keinen Unterschied. Ob Feiertag oder nicht: Zuneigung zu den eigenen Nachfahren wurde ihrer Meinung nach überbewertet.

70

Dafür kam unser Onkel auf die Idee, in dieser Nacht zärtlich zu mir zu sein. Was er mit mir anstellte und was Chris unter der Decke vor Angst zitternd mit anhören musste, kann sich jeder denken, der das Wort *pädophil* hört. Das war Herbert. Ein Schwein, das sich an Kindern verging. Ob er das schon vor dem Tod meiner Tante getan hatte, wusste ich nicht. Nie hatte ich mit jemandem außer meinem Bruder über die Geschehnisse geredet, abgesehen von meinen Eltern. Und die glaubten mir nicht und ich erhielt für meine ›dreisten Behauptungen‹ obendrein noch Schläge.

Ich ließ das vier Jahre lang über mich ergehen. Kurz nach meinem sechzehnten Geburtstag übernachtete mein Onkel wieder ein paar Tage bei uns. Also ahnte ich, was mir blühte. Weit gefehlt. Als würde durch das Erreichen des neuen Lebensjahrs sein Interesse an mir aufhören, stellte sich Herbert neben Chris' Bett und rieb sich den krummen, stinkenden Schwanz, den er aus seiner Hose gezogen hatte.

»Es wird Zeit, auf ein anderes Pferd umzusatteln«, murmelte er.

Mein Bruder verkroch sich unter der Decke. Herbert zog sie weg, danach riss er Chris die Schlafanzughose runter.

Bei mir brannte eine Sicherung durch. All die Jahre hatte ich seine sexuellen Übergriffe stumm über mich ergehen lassen, um Chris zu schützen. Nun war ich meinem Onkel zu alt geworden. Ich wollte nicht, dass mein Bruder dasselbe durchmachen musste wie ich. Es reichte, dass er die Geräusche mitbekommen hatte. Das Klatschen von Haut auf Haut, das Stöhnen meines Onkels und mein leises Wimmern.

Das darf er ihm nicht antun!

71

Wie fremdgesteuert sprang ich aus dem Bett und griff mir die Stehlampe, die in unserem Zimmer stand. Keine kindgerechte mit Comichelden, sondern eine vergoldete aus der Erbmasse meiner Großmutter.

Ich hob das Eisenteil über meinen Kopf und schlug auf den Vergewaltiger ein. Das war das erste und letzte Mal, dass ich einem Menschen gegenüber gewalttätig geworden war. Und ich ließ nicht von ihm ab, bis Herbert mit blutigem Hinterkopf auf dem Boden lag.

Die Schreie lockten meine Eltern an. Als sie sahen, was ich getan hatte, warfen sie mir vor, in mir würde der Teufel stecken. Mein Vater riss mich von Herbert weg, meine Mutter verständigte die Polizei und den Rettungswagen.

Das Ende vom Lied war, dass Chris und ich im Kinderheim landeten, weil meine Alten angeblich mit mir, dem Schläger, und meinem Bruder, der zu weiblich war, überfordert waren.

Was soll ich sagen? Das war das Beste, was uns hätte passieren können. Die anderen Kinder waren nett, die Pädagogen ebenfalls. Da störte es nicht, dass wir nie eine neue Familie fanden und früh selbstständig wurden. Gleich ab dem ersten Weihnachten im Heim gab es die Wärme und die Geschenke, die wir all die Jahre vermisst hatten.

Hatten diese Geschehnisse meinen Drang verstärkt? Wollte ich danach erst recht von der Erde verschwinden oder hatte die Kälte meiner Erzeuger ausgereicht?

Was es auch war, nach solchen Erlebnissen ist es vielleicht verständlich, warum mein Bruder und ich die Menschen wurden, die wir heute sind.

72

Kapitel 8

Als ich den Wagen auf den Parkplatz der Reinigung steuerte, lachte ich. Meine Eltern hätten mit einem Dämon wie Belial ihre helle Freude gehabt. Sofort hätten sie versucht, ihm den Teufel auszutreiben.

Mit dem Bündel Schmutzwäsche betrat ich den Waschsalon meines Vertrauens. Ich kannte den Besitzer Klaus seit Jahren, war mit ihm per Du. Seine asiatische Frau ›hielt‹ er sich seit ein paar Monaten. Ich benutzte dieses Wort gern dafür, denn von Liebe spürte man zwischen den beiden nichts. Ich durchschaute, dass diese Ehe nur dem Zweck dienlich war, statt wahren Gefühlen zu entspringen. Mit Bine hatte ich gewettet, dass seine Frau ihn sofort verlassen würde, sobald sie das Recht erhielt, sich ohne ihr Anhängsel legal in Deutschland aufzuhalten.

Aber das war nicht mein Problem. Meines bestand aus Stoff, war feucht und stank nach Hundezwinger – wobei das harmlos ausgedrückt war, wie mir Klaus' Gesichtsausdruck bestätigte, als er meine Kleidung entgegennahm. Mir kam der Gedanke, dass ich sie in irgendeiner Mülltonne hätte entsorgen können. Aber das wäre vielleicht jemandem aufgefallen, was wiederum mögliche Fragen von Polizisten hätte nach sich ziehen können. Immerhin befanden sich nicht nur tierische Blut- und Gewebereste darauf.

»Was hast du damit angestellt?«, fragte er und rümpfte die Nase.

»Kleines Unglück mit einem Abwasserrohr auf dem Bau. Wie vor drei Jahren.«

»Oh, erinnere mich nicht daran«, sagte er und plusterte die Wangen auf, als müsste er kotzen. »Das stank damals

73

bestialisch«, erinnerte er sich, pinnte einen Zettel mit einer Nummer auf die Schmutzwäsche und warf sie in einen Behälter. Das Gegenstück gab er mir. Der Ruf nach seiner Frau ließ mich zusammenzucken. Mit Tippelschritten kam sie angetrabt, nickte mir zu, verbeugte sich, schnappte sich meine Sachen und verschwand.

»War das wieder so?«, fragte Klaus.

»Ja, genau so«, erwiderte ich und entschuldigte mich, dass ich heute keine Zeit für ein Pläuschchen hatte. »Muss meine Tochter abholen und mit ihr ...«

In diesem Moment klingelte mein Handy.

»Wo bleibst du, Papa?«, polterte mir sofort Ronjas Stimme entgegen.

»Bin unterwegs!«, log ich, winkte Klaus und rannte zu meinem Auto.

Auf dem Weg zur Schule hatte ich die Bilder vor Augen, wie Handwerkerkollegen vor ein paar Jahren bei Modernisierungsarbeiten eines Hauses Blödsinn anstellten und das Scheißerohr vor dem Gebäude beschädigten. Wie eine Fontäne war das Dreckwasser in die Höhe geschossen und hatte meine Jungs und mich – wir hatten auf dem Dach gearbeitet – unter sich begraben. Zum Glück war nichts Ernstes passiert, da wir uns vorschriftsmäßig gesichert hatten. Sonst hätte einer von uns auf den glitschigen Exkrementen ausrutschen und runterfallen können. Zusätzlich hätten wir uns Infektionen durch die Millionen Bakterien zuziehen können. Auch davon waren wir verschont geblieben.

Reinigungsbesitzer Klaus war derjenige gewesen, der den Schaden behoben hatte. Damals hatte ihm seine Mutter geholfen, die leider vor Kurzem verstorben war. Ein paar Wochen später kam er dann aus dem Nichts mit seiner Frau an, als hätte er seine geliebte Mama gegen

74

eine jüngere, arbeitsamere und zudem fickbare Version aus dem Katalog ausgetauscht.

Als ich bei Ronjas Schule ankam, stand sie mit verschränkten Armen da und giftete mich an. Belial, Lena und ihr Fleischraum aus der Hölle waren schnell vergessen. Der Alltag hatte mich wieder. Vor allem musste ich meine Energie darauf verwenden, mein Kind zu beschwichtigen. Da waren meine Schlachter-Schwein-Fantasien fehl am Platz.

»Wo warst du?«, meckerte sie, als sie sich anschnallte. Dann rümpfte sie die Nase. »Und wonach riecht es hier?«

»Ein Termin hat etwas länger gedauert als gedacht und es gab einen Unfall auf dem Bau.«

»Und da konntest du nicht eben Bescheid sagen und dich waschen?«

Anstatt meiner Tochter zu erklären, wie die Arbeitswelt funktionierte und dass man Kunden nicht einfach sitzen lassen sollte und nicht überall eine Dusche zur Verfügung stand, entschuldigte ich mich, um das Thema aus der Welt zu schaffen. Mit einem Teenager am Anfang der Pubertät zu diskutieren, war nie eine gute Idee. Gegen die geballte emotionale Intelligenz eines Teenies kam man nicht an.

Wir fuhren zum Kieferchirurgen. Ronja erzählte von ihrem Tag. Davon, dass sie die Mathearbeit verhauen hatte und dass sie einen neuen Mitschüler hatten, der mit seiner Familie hierhergezogen sei. Ronja musste mir nicht erzählen, dass sie den Jungen süß fand. Ihre Körpersprache und ihre Stimmlage verrieten es mir.

»Kommst du mit rein?«, fragte sie, als wir unser Ziel erreicht hatten.

»Natürlich«, sagte ich.

75

»Die werden sich freuen«, witzelte sie wegen meines unappetitlichen Geruchs. Ihr Ärger war verflogen, jetzt beherrschte sie die Aufregung.

Sie nahm meine Hand. Ihre war eiskalt und schwitzte. So tough und abgeklärt sich meine Teenie-Tochter auch gab: Sie war mein kleines Mädchen, das Angst vor Ärzten hatte. Besonders vor denen, die ihr Nadeln verabreichten.

»Deine Schiene wird nur nachgezogen, nichts Wildes«, beruhigte ich sie.

Im Warteraum widmete sie sich ihrem Handy und den Social-Media-Kanälen. Dass mein Kind sich online benahm wie ein Star, beunruhigte mich. Mit zwölf teilte sie fast ihr ganzes Leben mit Wildfremden. Sie kleidete sich viel zu erwachsen für ihre täglichen Fotos und jagte Filter darüber, die sie älter aussehen ließen. Den Versuch, dieses Vorgehen einzudämmen, hatte ich aufgeben müssen. Bine hatte sich für die Freiheit unseres Nachwuchses eingesetzt und gemeint, heutzutage wäre ein solches Onlineleben normal und wir würden Ronja eher schaden als helfen, wenn wir ihr verbieten würden, sich zu verhalten wie die anderen. Knurrend hatte ich ihr Urteil akzeptiert. Und so hielt ich die Klappe, als ich nun sah, dass Ronja auf die Kommentare zu ihrem letzten Foto reagierte – geschossen in der Schule. Das tat sie mit vielen Herzchen und Smileys.

Welche Sorten Menschen online existierten, wusste ich nicht erst seit meinem Ausflug in die Kannibalenforen. Ich hatte mit Social Media nichts am Hut, jedoch reichten die Erzählungen meiner Mitarbeiter, meiner Frau, meiner Freunde und die meiner Tochter, um zu wissen, dass das Internet für pädophile Dreckschweine wie meinen Onkel eine wahre Fundgrube ist.

76

Ich wandte den Blick von Ronjas Handybildschirm ab, um mich nicht aufzuregen, und starrte auf meinen eigenen. Da gab es die letzte Nachricht von Kuru-Guy, auf die ich nicht reagiert hatte.

Ach, was solls, dachte ich, forschte nach dem Songtext dieses Liedes und las ihn mir durch.

Ich war erstaunt, wie passend er war. Der Inhalt war flott zusammengefasst: Jemand wollte seit seiner Geburt gegessen werden und suchte, wie ich, seinen persönlichen Schlachter – selbst die Wortwahl passte. Der Kerl im Song wünschte sich, dass der Kannibale ihn zerriss, von ihm aß, an Eingeweiden, Darm und Herz leckte.

Als ich merkte, dass mich die Worte dieser Band erregten, wurde meine Tochter aufgerufen. Ich warf ihr eine Kusshand hinterher, als sie im Schlepptau der Arzthelferin ihrem Schicksal entgegenschritt.

Schnell verkrümelte ich mich auf die Toilette und las zu Ende. Ein Satz beschrieb meine eigene Situation sehr gut. Der, in dem es darum ging, dass der Mann die Schmerzen immer mehr fühlte, je länger er lebte. So erging es mir auch. Der Drang, meiner Bestimmung zu folgen, wuchs von Jahr zu Jahr und verursachte starke Seelenpein in mir. Der Wunsch, es zu beenden, schwoll zu enormer Größe an.

»Okay, okay«, flüsterte ich. »Das Lied ist kacke, aber der Text …« Er passte wie die Faust aufs Auge zu meiner Lebenslage. Die einzige Aussage, die ich nicht unterschreiben konnte, war die, dass der Kerl seinem Schlachter die Tochter als Appetitanreger anbot. Das würde ich niemals tun. Meine Familie war bei der Sache außen vor.

Ich ließ mich hinreißen, Kuru-Guy zurückzuschreiben. Hatte ich ihm Unrecht getan, als ich ihm pampig antwortete und zum Schluss gar nicht mehr reagierte?

Hey Kuru-Guy,

entschuldige meine anfängliche Abfuhr. Ich habe mir den Text durchgelesen und er spricht mir aus der Seele! Vielleicht hast du recht und wir passen besser zusammen, als ich denke. Sollen wir unser Gespräch vertiefen?

Grüße

Rob

Klopfenden Herzens schickte ich die Nachricht ab. Nach der Enttäuschung mit Lena und ihrem Dämon und der Unsicherheit, ob Max der Richtige ist, war ich noch lange nicht entmutigt. Ich würde weitersuchen, bis ich mein Ziel erreicht hatte. Komme, was wolle.

Kapitel 9

Eine Woche später hatte ich noch keine Antwort von Kuru-Guy. Wahrscheinlich dachte er sich, dass er auf eine Zicke wie mich verzichten konnte. Auch sonst hatte sich keiner gemeldet – jedenfalls niemand Neues. Max kontaktierte mich jeden Tag. Ich vertröstete ihn damit, dass ich aktuell viel zu tun hätte und mich bei ihm melden würde, wenn es bei mir passte. Das war gelogen. Ich hatte auf einen anderen Bewerber für mein Fleisch gehofft, aber in sämtlichen Foren schwiegen die Leute. Es war schwieriger als gedacht. Diese Szene war Fremden gegenüber verschlossen. Meine Zuversicht, alsbald meinen Traum zu erfüllen, war geschwunden. Es sei denn, ich überlegte mir die Sache mit Max noch einmal. Gegen ein paar weitere Treffen war eigentlich nichts einzuwenden. Wie er meinte, musste man ja nichts überstürzen. Wir hatten Zeit. Und vielleicht meldete sich währenddessen jemand.

Ich schrieb Max, dass wir uns in den nächsten Tagen sehen könnten, wenn er Interesse an kleinen Spielereien hätte. Der Gedanke an den Moment, in dem er mich mit dem Skalpell geschnitten hatte, brachte meine Gefühlswelt in Wallung. Eine Chance wollte ich ihm noch geben. Aber erst nach dem heutigen Tag, dem dreizehnten Geburtstag meiner über alles geliebten Tochter. Ich war froh, dass aus meinem Freitod als menschlicher Braten bisher nichts geworden war. Kurz vor Ronjas Jahrestag wäre es ihr gegenüber besonders unfair und egoistisch gewesen.

Freunde und Familie waren gekommen und saßen auf Bänken und Stühlen im Garten. Die Sonne schien und die Natur erwachte aus ihrem Winterschlaf. Der

79

Frühling hielt Einzug und ich konnte Ronja das erste Grillen des Jahres schenken. Sie hatte eine Vorliebe für Fleisch. Ob das an den Genen lag, die ich ihr vererbt hatte, bezweifelte ich. Vermutlich lag es eher an Bine, deren Fleisch liebender Vater seine Essgewohnheiten an sie übertragen hatte. Und sie hatte diese an unser Kind weitergegeben.

Auch die Eltern meiner Frau lebten nicht mehr. Geschwister hatte sie keine. Bei uns war der Anteil der Familienangehörigen recht überschaubar. Bines Tante war da und mein Bruder Chris samt rauchendem Ehemann Jörg. Die übrigen Gäste waren Freunde von uns und die jüngere Form davon die von Ronja. Unter anderem war ihre beste Freundin Susi da, mit der sie für ihr Referat letzte Woche eine Eins bekommen hatte. Susis Mutter Katrin war ebenfalls da.

Wir lachten, feierten mein Kind, aßen Fleisch und Geburtstagstorte, bis wir beinahe platzten und genossen den Tag. Das waren Momente, an denen es mich mehr zum Leben als zum Sterben hinzog. Der Wunsch, gegessen zu werden, verschwand und es war nur Freude da. Ich war froh zu atmen und in einem Stück zu sein. Aber das würde nicht lange anhalten. Spätestens im Bett, wenn meine Gedanken daran die Oberhand bekamen, wäre ich wieder der alte Rob.

Chris setzte sich mit einer Flasche Bier neben mich und klopfte mir auf den Rücken. »Ihr habt eine tolle Tochter«, lobte er mich. »Jetzt, wo Jörg dank deiner Überredungskunst endlich zum Urologen gegangen und alles in Ordnung ist, können wir uns um die Adoption kümmern.«

»Zum Glück ist es kein Krebs.«

»Das kannst du laut sagen«, pflichtete Chris mir bei. »Irgendwelche Tipps für uns werdende Eltern?«

Ich knuffte ihm in die Seite. »Frag mich danach, wenn ein Wirbelwind wie Ronja euer Leben umkrempelt. Die bloße Theorie bringt euch nichts. Ihr müsst es am eigenen Leib erfahren.«

Ich bezweifelte, dass Chris und Jörg Vater und Vater werden würden, solange ich auf der Erde weilte. Für heterosexuelle Paare war eine Adoption bereits eine Herausforderung. Für Homosexuelle lag der Schwierigkeitsgrad noch höher.

Die beiden hatten vorgesorgt und einen Haufen Kohle angespart. Sollte es in unserem Land nicht klappen, würden sie es im Ausland versuchen. Dort stand ihnen auch die Option offen, sich mithilfe einer Leihmutter den Traum von einem Kind zu erfüllen.

»Morgen ist ihr Todestag«, sagte er.

»Mhm …«, machte ich.

»Vor so vielen Jahren sind sie von uns gegangen und ich höre noch ihre Stimmen in meinem Kopf. Besonders die von Onkel Herbert.«

»Mhm …«, brummte ich wieder.

Jedes Jahr am Geburtstag meiner Tochter brachte er unsere Eltern und unseren Onkel zur Sprache. Sie waren in der gleichen Nacht gestorben. Uns hatte die Nachricht, drei Familienmitglieder auf einen Schlag verloren zu haben, weniger schockiert, als die Polizei erwartet hatte – und so gerieten wir schnell ins Visier. Denn die Tode von Mama, Papa und Pädo-Schwein Herbert waren keine natürlichen.

Sie waren bei einem Brand meines Elternhauses umgekommen. Als die Beamten die Ermittlungen aufnahmen, stellte sich heraus, dass es Brandstiftung gewesen

81

war. Chris und ich wurden vernommen und mit Anschuldigungen konfrontiert, auf das Erbe unserer Eltern – was gelinde gesagt, ein Furz war – scharf zu sein. Die Staatsdiener verbissen sich dermaßen in der Vorstellung, wir wären die Täter, dass wir beinahe unschuldig im Knast gelandet wären. Die Forensik rettete uns den Arsch.

Wie sie durch die Autopsie herausfanden, starben Mama und Papa an einer Rauchvergiftung, bevor die Flammen ihre Körper erreichten und ihr Fleisch verzehrten. Bei Herbert sah die Sache anders aus. Er war bei lebendigem Leib verbrannt. Die Beweise deuteten darauf hin, dass er es gewesen war, der das Benzin im Haus und über sich verteilt und dann das Feuer entzündet hatte. Es passte zu seiner damaligen Lage. Er hatte wieder bei meinen Eltern gewohnt, weil er alles verloren hatte. Wohnung, Job und die neue Partnerin, weil er einen Jungen unsittlich berührt hatte und auf frischer Tat ertappt worden war. Er sah sich einer Anzeige wegen Kindesmissbrauchs gegenüber und war durch pures Glück auf freiem Fuß, bevor das Gerichtsverfahren losging. Die genauen Umstände kannte ich nicht. Jedenfalls rannte er draußen rum, während das geschundene Kind wie ich damals die Hölle durchlebte.

Herbert musste bewusst gewesen sein, dass Chris und ich beim Prozess ausgesagt hätten. Er wäre viele Jahre hinter Gittern gelandet. Um dem zu entgehen, so die endgültige Fassung der Ermittler, hatte er sich und meine Eltern umgebracht. Das sprach uns von den Verdächtigungen frei.

Hätten Chris und ich gewusst, dass wir ohne Strafe davonkämen, hätten wir es selbst getan.

»Mögen sie weiterhin in der Hölle schmoren«, sagte Chris und trank einen Schluck Bier.

Die Kinder sahen dem Zauberer zu, den wir für Ronjas Geburtstag gebucht hatten.

»Der ist echt geschickt«, lenkte ich von dem Thema ab, das mich bis zum Ende meines Lebens begleiten würde.

»Im Grunde können wir stolz auf uns sein.« Er ließ nicht locker. »Aus vielen wären Serienkiller oder Vergewaltiger geworden. Wir sind doch ganz gut geraten, außer dass ich schwul bin und du einen beschissenen Biergeschmack hast.«

Damit spielte er darauf an, dass ich unter den Erwachsenen der einzige Altbiertrinker war. Die anderen nuckelten an ihren Pilsflaschen.

»Da hast du recht«, log ich – wie jedes Jahr, wenn mein Bruder diese Floskel von sich gab. Äußerlich zählten wir zum normalen Durchschnitt, aber mein Innerstes war weniger mustergültig und genauso, wie man es bei solchen Erlebnissen erwarten würde. Wir redeten zwar kaum über Gefühle, aber ich ging davon aus, dass es auch in Chris öfter brodelte, als er zugab.

Plötzlich knallte es. Wir zuckten zusammen. Eine Rauchwolke stieg dort auf, wo vor wenigen Sekunden der Zauberer gestanden hatte. Als sie sich lichtete und die Schwaden sich im Garten verteilten, war der Magier verschwunden.

Die Kinder stießen ›Ooohs!‹ und ›Aaahs!‹ aus.

Darauf, dass sich der Mann hinter seinem mit einem Laken abgedeckten Tisch versteckte, kam niemand.

Meine Frau spielte wie abgemacht die Ahnungslose und lenkte die Gören ab.

83

»Wo ist er hin?«, fragte sie gekünstelt. An ihr war definitiv keine Schauspielerin verloren gegangen. »Sollen wir die Geschenke auspacken, bis er wiederkommt?«

Ronja sprang auf und klatschte freudig in die Hände. Das Verschwinden des Zauberers war vergessen. Der wagte sich aus seiner Deckung, sobald die Kinder im Haus verschwunden waren. Ich zeigte ihm den Daumen nach oben. Er winkte, packte seine Sachen und verschwand.

»Was hat der gekostet?«, fragte Chris.

»Das willst du nicht wissen. Bine wollte den unbedingt haben. Das Ersparte musste dran glauben.« Grinsend schaute ich ihn an. »Überlegt euch das mit der Adoption.«

Mein Handy gab hintereinander mehrere Töne von sich. Eingehende Mitteilungen.

»Klingt wichtig«, sagte er. »Ich gehe rein und schaue, was ihr eurer Kleinen gekauft habt.«

Er verschwand und ich hatte die Ruhe, um nachzusehen, was so dringend war. Ich rechnete mit Textnachrichten meiner Angestellten, die heute wieder allein bei Hermann hatten arbeiten müssen, weil ich Bine bei den Vorbereitungen zur Party geholfen hatte.

Es war Max, der auf meine Nachricht reagiert hatte.

Hey Rob, sehr gern!

Hey Rob, ich noch mal, also ich meine damit, dass ich mich gern mit dir treffe.

Hey Rob, ich Dussel: Wann hast du Zeit?

Hey Rob, vielleicht morgen?

84

Als Letztes schickte er mir als Anreiz ein Foto seines Skalpells. Ich schrieb zurück, dass wir uns in zwei Tagen am Abend sehen könnten. Da hatte ich eine Sitzung beim Physiotherapeuten, die ich ohne Probleme verschieben konnte. Bine würde das nicht auffallen. Sie hatte zwar die Termine unserer Tochter im Kopf, aber meine nicht. Wenn meine vom Orthopäden veranschlagten Behandlungen eine Woche länger dauerten, wäre das keiner Rede wert.

Sofort erhielt ich die Antwort, dass er sich darauf freue. Er schlug vor, uns in einer Waldhütte zu treffen. Sie gehörte seinem Großvater, lag näher an meinem Wohnort und er war sicher, dass uns dort niemand stören würde. Für ausufernde gemeinsame Aktivitäten wäre die Schlachterei nicht geeignet, seine Wohnung aufgrund dünner Wände sowieso nicht und bei mir wäre es wahrscheinlich auch unpassend.

Das sah ich ein, ließ mir die Adresse geben und meinte, ich würde mich auf ihn freuen, was der Wahrheit entsprach. Da ich Max kannte und wusste, was er in mir ausgelöst hatte, konnte ich es kaum erwarten, ihn zu sehen. Ich versprach mir eine Zeit voller körperlicher Reize. Und vielleicht würde ich ihm erlauben, bis zum Äußersten zu gehen.

Bis dahin hielt ich das Bild des liebenden Ehemannes und Vaters aufrecht. Ronjas Party ging damit zu Ende, dass ihr Onkel einen zu viel intus hatte und in unseren Vorgarten kotzte. Während der nächsten beiden Tage erledigte ich meine Arbeit bei Hermann und sehnte das Treffen mit Max herbei. Als es so weit war, brachte ich Job und familiäre Pflichten hinter mich, schmiss mich in Schale und wollte das Haus verlassen.

Bine hielt mich zurück. »Ronja und ich fahren gleich ins Kino. Könnte spät werden.«

»Sehr schön, viel Spaß«, sagte ich und freute mich darüber, mehr Zeit mit Max zu haben.

Meine Frau kam zu mir und gab mir einen Kuss. »Ich liebe dich und ich kann mir keinen besseren Mann als dich vorstellen.«

Ich erwiderte ihre Liebesbekundung und verließ mit einem Knoten im Magen das Haus. Musste Bine ausgerechnet heute so etwas sagen, wo ich auf dem Weg zu Max war? So herzliche Worte bekam ich meistens nach dem Sex oder an Weihnachten zu hören. Zur Verabschiedung waren sie eher selten. War das das ominöse weibliche Gespür, von dem immer die Rede war? Hatte sie eine seltsame Vorahnung? Glaubte sie, ich würde zu einer Geliebten fahren?

»Scheiße«, murmelte ich und zögerte. Bine hatte es geschafft, meinen Egoismus ins Wanken zu bringen. Aber nur, bis sie und Ronja lachend und feixend und bester Laune das Haus verließen und zu unserem zweiten Auto gingen. Sie sahen mich in meinem Wagen sitzen und winkten mir.

»Jetzt hol dir, was dir zusteht!«, befahl ich mir und ließ den Motor an.

Als ich den halben Weg hinter mich gebracht hatte, waren die Bedenken verflogen. Mein Drang setzte sich letzten Endes durch.

Nach zehn Minuten erreichte ich einen Waldweg. Ich wohnte seit so vielen Jahren in dieser Gegend und war noch nie hier gewesen.

Ich folgte dem Pfad, bis ich zu einer von Max beschriebenen Lichtung kam. Hier wollte er mich abholen.

86

Kaum stieg ich aus dem Wagen, trat Max zwischen den Bäumen hervor. Sein pickeliges Gesicht zu sehen, weckte eine gewisse Vorfreude in mir. Während meiner Ehe war ich nie fremdgegangen. Andere Frauen und Männer hatten in sexueller Hinsicht nie einen Reiz für mich dargestellt. Aber da ich wusste, zu was Max fähig war, konnte ich die Emotionen, die ein Ehebrecher beim Anblick seiner Affäre empfand, nachvollziehen. Natürlich wäre es falsch gewesen, Max meinen ›Geliebten‹ zu nennen.

Er kam lächelnd auf mich zu, begrüßte mich mit Handschlag. »Um ehrlich zu sein, habe ich daran gezweifelt, dich wiederzusehen.«

»Ich hatte viel zu tun, entschuldige, ich wollte dir nicht das Gefühl geben.«

»Ist in Ordnung, jetzt bist du ja da. Komm, ich habe was vorbereitet. Wie viel Zeit hast du?«

»Gute zwei Stunden.«

»Perfekt.« Max streckte mir die Hand hin, ich ergriff sie. Er führte mich durch den Wald.

»Die Hütte gehört deinem Opa, sagst du?«

»Er war passionierter Jäger. Hier hielt er sich zur Saison immer auf. Jetzt ist er bettlägerig und sie wird nicht mehr genutzt. Für uns also bestens geeignet. Niemand wird uns hören.« Er blieb stehen, wandte sich zu mir um und strich über die Kruste an meinem Arm. Meine Frau hatte die Verletzung nicht einmal registriert. Für Max und mich hatte sie einen gewissen Stellenwert. »Du kannst deine Freude so laut herausschreien wie du willst.« Er zwinkerte mir zu und setzte den Weg fort.

Wir erreichten kurz darauf die Hütte. Sie sah aus, wie man sich eine Jagdhütte vorstellte. Über der Eingangstür begrüßte uns ein skelettierter Tierschädel, was sich im Inneren fortsetzte.

»Die sind nicht gerade einladend«, gab Max zu. »Aber die sind so fest an die Wände geschraubt, dass ich die nicht abbekam. Bin handwerklich unbegabt.«

»Falls wir das wiederholen, kann ich dir helfen«, bot ich an.

Wieder lächelte er. »Ich habe das Schlafzimmer zurechtgemacht, da hängt zum Glück nur eins der hässlichen Dinger. Willst du es sehen?«

»Klar!«

An der Situation kam mir nichts befremdlich vor. Der eine Schritt, den ich getan hatte, hatte ausgereicht, um es für mich normal erscheinen zu lassen, mich mit einem Mann zu treffen, der mich verletzen und essen wollte.

Sobald ich diese Hütte betreten hatte, war ich nicht mehr Rob, der Familienmensch, sondern Rob, das Schlachtschwein.

Max führte mich durch einen Flur in ein weiteres Zimmer. Es war klein; Max hatte sich alle Mühe gegeben, es gemütlich einzurichten. Kuschelig aussehende Wolldecken lagen auf dem Bett, eine Nachttischlampe spendete gedimmtes Licht. Auf einem Tisch entdeckte ich Utensilien, die meine Aufregung wachsen ließen. Skalpelle, Plastikplanen, eine Campingkochplatte, eine Pfanne.

»Macht dir das Angst?«, fragte Max.

»Nein, im Gegenteil.«

»Willst du direkt anfangen oder auf unser Wiedersehen anstoßen?« Er zog zwei Bier aus einer Kiste. Zwar war es Pils, aber ich wollte ihn nicht enttäuschen und willigte ein. Wir stießen an.

»Auf einen schönen Abend«, sagte ich.

»Auf eine aufregende Zeit«, entgegnete Max.

88

Es waren 0,33-Liter-Flaschen. Wir zogen den Inhalt in einem Zug weg.

»Wo möchtest du beginnen?«, fragte Max und deutete auf meinen Körper.

»An Armen und Beinen kann ich es meiner Frau am besten erklären.«

»Dann zieh dich aus, wenn du magst.«

Max' Stimme war sanft, sein Verhalten mir gegenüber rücksichtsvoll, und ich blendete seine Jugend und sein Aussehen vollkommen aus.

Ich entkleidete mich bis auf die Unterhose und legte mich aufs Bett. Max betrachtete mich von oben bis unten, nahm eines der Skalpelle, schnappte sich ein Handtuch und kam zu mir. Seinem Gesichtsausdruck nach zu urteilen gefiel ihm, was er sah. Meine Sorge, zu schlank und zu drahtig für einen Kannibalen zu sein, schien unbegründet.

»Bist du bereit?«, fragte er.

Ich nickte, unfähig ein Wort zu sagen. Die Erregung packte mich, mein Mund war wie zugeklebt.

Max zögerte nicht. Er strich mit seiner warmen Hand über meine äußere Wade, bewegte meine Beinbehaarung hin und her. Er setzte die Klinge an und schnitt. Das Gefühl, als Haut und Fleisch sich trennten, war phänomenal. Der Schmerz so bittersüß, so lange herbeigesehnt, so herrlich. Mein Blut sickerte erst in Tropfen heraus, dann in einer Bahn.

Max drückte das Tuch darauf. »Weiter?«, fragte er.

»Ja«, japste ich, weil mir die Luft fehlte. Dass ich einen Ständer hatte, war Max nicht verborgen geblieben.

»Soll ich ein Stückchen rausschneiden?«

»Ja, bitte!« Meine Erregung erklomm den Olymp. Konnte sich das noch steigern?

Max suchte sich die Innenseite meiner Wade aus. Wie ein Chirurg trennte er meine Haut auf, schnitt ein winziges Stück Fleisch heraus. »Wir tasten uns langsam ran, okay?«

Damit war ich einverstanden. Mein Körper war von Gänsehaut überzogen. Die Nervenenden waren überreizt, allerdings im positiven Sinne. Da hatte ich gedacht, die Hochzeit mit Bine und Ronjas Geburt seien überwältigende Gefühle gewesen. Doch nichts hatte meinen Leib derart zum Beben gebracht wie das jetzt.

Max warf den Kocher an, positionierte die Pfanne, wartete, bis sie ordentlich heiß war und legte behutsam mein Fleisch hinein. Das Brutzeln war Musik in meinen Ohren. In mir tobten Emotionen; mir wurde leicht schwindlig.

Er hob es aus der Bratpfanne, pustete es an, kam zum Bett, stellte sich neben mich, führte mein Gewebe zu seinen Lippen, leckte daran …

Das reichte und ein Orgasmus schüttelte meinen Körper durch. Lächelnd nahm Max mein Wadenstück in den Mund, kaute darauf herum und kaute und kaute, bis er es schluckte.

Meine Träume wurden wahr. Meine Fantasien, bisher graue Theorien, bewahrheiteten sich und waren um so vieles besser, als ich sie in der Realität erlebte.

Max strich mir über den Bauch, ertastete meine Muskeln, ging zurück zum Tisch mit den Spielsachen.

»Wir könnten auch …«, startete er.

»Was?«, fragte ich gespannt.

Da er zuvor meine Körpermitte abgetastet hatte, rechnete ich mit der Frage, ob er an meinem Sixpack schneiden dürfe. Die Antwort – ein klares Ja – lag mir auf der Zunge.

90

Es kam anders.

Max wandte sich mir zu. In seinen Augen lag das pure Verlangen, das mich ebenso erfasst hatte. Seines ging plötzlich in eine andere Richtung. Er legte das Skalpell weg, schaltete die Kochplatte aus und setzte sich zu mir aufs Bett. Wieder fand seine Hand meinen Bauch, streichelte ihn, steuerte auf meinen Genitalbereich zu.

»Wir können uns auch anderweitig amüsieren, findest du nicht?« Er schob seine Hand in meine Hose.

Ich packte Max' Arm, zog ihn von meinem Schwanz weg. »Ich bin nicht schwul«, machte ich klar.

»Ja und? Das musst du nicht sein, um ein bisschen Spaß zu haben.«

Meine Erregung verflog. Die Situation nahm eine neue Richtung und die behagte mir nicht. Sex mit Max zu haben war nicht das, was ich unter Spaß verstand. Dafür hatte ich meine Frau. Max war dazu da, um mir wehzutun und mich am Ende zu essen. Das sagte ich ihm.

»Ach, komm schon!« Er wurde aufdringlich, löste seinen Arm aus meinem Griff und seine Hand schnellte in meine Hose, packte zu, streichelte meinen Schwanz.

»Hör auf!«, forderte ich und zerrte ihn wieder weg.

»Sei nicht so zickig!«, polterte er los.

Das rief düstere Erinnerungen in mir hervor. Ich sah Herbert vor mir, der mit runtergelassener Jeans von mir verlangte, mich auszuziehen. Wenn ich es nicht tat, nannte auch er mich eine kleine Zicke und wandte Gewalt an, um mich zu dem zu zwingen, was er begehrte.

Aber Max war nicht mein Onkel. Er war nicht der massige Mann, der mir körperlich überlegen war. Ich stieß Max vom Bett. Er taumelte rückwärts, prallte gegen ein Regal, das kippte um, traf den kahlen Tierschädel

91

und dann … fiel eine Kamera vom Geweih. Zwar registrierte ich sofort, was dieses schwarze Kästchen war, fragte aber dennoch ungläubig: »Was ist das?«

»Nichts«, versicherte er und versteckte es hinter dem Rücken.

»Hast du uns gefilmt?«

Keine Antwort.

»Max?«, sagte ich und stellte mich auf.

In Unterhose stand ich vor ihm. Mir war nicht kalt. Im Gegenteil, meine Körpertemperatur stieg, weil ich vor Wut kochte. Nicht nur, dass der Jungspund Dinge von mir verlangt hatte, die ich nicht wollte, nein, er hatte uns bei unseren Aktivitäten auch noch aufgenommen. Die Aufnahmen konnten in den falschen Händen ordentlichen Schaden anrichten.

Jeder hatte von den armen Ex-Freundinnen gehört, deren verflossene Männer aus Gram Sexvideos mit den Frauen online hochluden und ihre Leben ruinierten. Wenn Max Szenen ins Netz stellte, die zeigten, dass er mich schnitt und ich ohne eine Form der sexuellen Berührung einen Orgasmus bekam, wäre mein Ruf für immer beschädigt. Von der Schmach für meine Familie einmal abgesehen.

»Gib mir die Kamera«, forderte ich.

Max weigerte sich zwar, aber plötzlich wirkte er nicht mehr wie der selbstbewusste Kannibale, für den ich ihn gehalten hatte. Jetzt agierte er seinem Alter und seinem Aussehen entsprechend eingeschüchtert. Ich sah kein Problem darin, die Sache schnell zu klären.

»Gib sie mir und wir vergessen das Ganze. Ich nehme meine Klamotten und gehe. Einverstanden?«

Max besaß die Frechheit, den Kopf zu schütteln. Das machte mich wütend. Ich musste diese Kamera haben

92

und alles darauf löschen, was mit mir zu tun hatte. Vielleicht hatte er uns schon bei unserem ersten Treffen gefilmt. Im Büro der Schlachterei etwas zu verstecken, dürfte die kleinste Herausforderung gewesen sein.

Am besten vernichtete ich dieses Gerät. Aus Krimis wusste ich, dass vermeintlich gelöschte Daten von Spezialisten wiederhergestellt werden konnten.

Verbrennen, ich muss das Ding verbrennen!

Max hielt nichts davon. Ich ging einen Schritt auf ihn zu. »Gib sie her!«

Er trat einen zurück.

Ich versuchte eine andere Taktik. »Es tut mir leid, falls ich falsche Signale gesendet habe. Ich bin glücklich verheiratet und an einer Affäre nicht interessiert.«

»Wenn du glücklich bist, wieso willst du dann sterben?«

Das machte mich einen kurzen Moment sprachlos, weil seine Aussage es genau auf den Punkt brachte. Wie konnte jemand mit gesundem Menschenverstand ein Leben verlassen wollen, auf das viele neidisch wären? Darauf gab es eine simple Antwort: Ich hatte keinen gesunden Menschenverstand. Was ein Psychiater zu meinen Gedanken, Wünschen und Gelüsten sagen würde, hatte ich mich oft gefragt, hatte aber nie einen Sinn darin gesehen, das herauszufinden. Was hätte mir die Diagnose ›Psychopath, Sadist oder Masochist‹ gebracht? Nichts. Exakt. Mein Drang wäre davon nicht verschwunden.

»Das geht dich einen Scheißdreck an«, sagte ich.

Auf Max' Gesicht stahl sich ein gewinnendes Lächeln. Sein verlorenes Selbstbewusstsein kehrte zurück. Er straffte die Schultern und stellte sich mir entgegen. »Es ist meine Kamera und ich mache mit den Aufnahmen, was ich will.«

»Und das wäre?«

»Das geht wiederum dich nichts an.«

Ich wurde nicht nur immer wütender, sondern auch trauriger. Das Traumbild von Max und mir in kannibalischer Zweisamkeit platzte und zersprang in tausend Teile. Dieser Kerl war für mich gestorben. Und sobald ich das Drecksgerät an mich gebracht hätte und von diesem beschissenen Ort abgehauen wäre, würde ich ihn nie wiedersehen. In meinen Kreisen gab es viele falsche Fuffziger. Solche, vor denen der Mann vor mir mich gewarnt hatte. Max war nicht nur auf das aus, was ich begehrte. Er wollte mehr und dafür war ich nicht der Richtige.

»Gib mir diese verkackte Kamera!«, schrie ich und attackierte ihn.

Max wich aus, ergriff die Pfanne vom Tisch, schlug sie mir auf den Hinterkopf. Mir wurde schwindlig. Vor Wut kochend fuhr ich herum, stürzte auf ihn zu. Erschrocken weiteten sich Max' Augen, er holte erneut aus. Das Metall traf mich an der Schläfe. Ich taumelte zur Seite, stieß an den Rahmen des Bettes, krallte mich am Holz fest.

Dann hörte ich hinter mir: »Es tut mir leid, so hätte es nicht laufen müssen.«

Die Pfanne knallte ein weiteres Mal gegen meinen Schädel und die Welt wurde schwarz.

94

Kapitel 10

Mein Kopf hämmerte. Als ich die Augen öffnete, fand ich mich im Schlafzimmer wieder. Eine grelle Halogenlampe strahlte mich an und die Kamera, die zuvor dezent versteckt gewesen war, stand nun auf einem Stativ und war unverhohlen auf mich gerichtet. Sie war nicht allein. Zwei weitere filmten mich aus anderen Richtungen. Bei jeder blinkte das Licht.

Meiner Nacktheit wurde ich mir sofort bewusst. Das, plus der neben dem Bett stehende Max, der mich anlächelte, war durchaus besorgniserregend. Dann bemerkte ich, dass ich an Händen und Füßen ans Bettgestell gefesselt war. Auch ein beunruhigender Faktor.

»Wie lange war ich weggetreten?«

»Och, ein paar Stündchen. Zehn? Zwölf? Ich habe nicht mitgezählt. Könnten auch vierundzwanzig gewesen sein. Ich habe mir Drogen reingezogen, um in Stimmung zu kommen, da vergesse ich die Zeit.«

Ich schluckte. »Max? Was wird das?«

Er strich mir über den Kopf.

»Du hast es noch nicht begriffen, oder?«

»Nein, was denn?«

»Dass du mir gehörst. Die Entscheidung fiel gleich bei unserem ersten Treffen. Ich habe mich in dich verliebt. Urplötzlich. Du wirst mit mir zusammen sein, ob du willst oder nicht. Bis ich dir erlaube zu gehen.«

Verrückt. Max ist einfach irre. Mehr als ich, das steht fest.

»Darüber lässt sich doch reden«, versuchte ich mein Glück.

Nur weil man mich selbst in die Ecke der Psychopathen stellen konnte, hieß das nicht, dass ich wusste, wie ich mit einem anderen umzugehen hatte. Und dann

95

noch mit einem Exemplar, das die Verrücktheitsskala weit überschritt.

Scheiße! In was für eine Situation habe ich mich gebracht?

Die für mich wichtigste Information war, dass Max nicht beabsichtigte, mich zu töten. Das war gut. Unter diesen Umständen war ich nicht bereit, mich ihm zu opfern, weil es nicht so laufen würde, wie ich mir das vorgestellt hatte. Mittlerweile zweifelte ich an seinen Absichten, was das anging. War er wirklich ein Kannibale? Oder eher ein Schwuler, der heimlich Aufnahmen von seinen Liebschaften machte?

»Wenn ich was will«, sagte Max, »dann nehme ich es mir. Darüber lässt sich nicht verhandeln.«

»Echt jetzt?«, fragte ich. »Du willst zunichtemachen, was wir hatten?«

»Er kapiert es immer noch nicht«, meinte er lachend. »Was wir zusammen hatten, war Theater, um dich zu diesem Punkt zu bringen. Zugegeben, so hart läuft es normalerweise nicht, die meisten machen ohne Gewaltanwendungen mit, aber ich konnte nicht riskieren, dass du abhaust.« Er betrachtete meinen Körper von oben bis unten. »Dafür begehre ich dich zu sehr. Du bist ein Klasse-A-Schnittchen.«

»Schnittchen?«

Das ist unfassbar! Der von Akne geplagte Bubi ist ein Lügner und Betrüger, wie er im Buche steht.

»Warum suchst du in einem Kannibalen-Forum nach Leuten für deine … Show?« Ich nickte zu den Kameras.

»Weil ihr *long pigs*, wie man euch nennt, zu mehr bereit seid als andere. Sogar die aus der Sado-Maso-Szene haben ihre Grenzen. Auch Menschen wie du sind oft Blender. Ihnen reichen die Fantasien, die sie haben, oft aus. Sie wollen nur mit mir darüber reden, wie ich sie esse

96

würde. Ihnen das vorzuspielen ist ein Leichtes, wenn man sich über das Thema Kannibalismus ausreichend informiert hat. Sobald ich ihnen in der Theorie eingeheizt habe, sind sie meistens mit Sex einverstanden. Du, Rob ...« Max nickte anerkennend. »Du warst der Erste, den ich schneiden durfte. Und es war geil. Ehrlich.«

»Hat mein Fleisch geschmeckt?«

Max lachte. »Wie du vielleicht langsam merkst, bin ich kein Kannibale. Sicher, ich fahre auf härtere Sachen ab. Dein Blut hat mich scharfgemacht, aber so weit zu gehen, dich zu essen? Das ist mir *too much*. Ich habe dein Stück Fleisch gegen das eines Tieres ausgetauscht. Du konntest es vom Bett aus nicht sehen.«

Enttäuschung machte sich in mir breit. Die Erregung, die ich gespürt hatte, war aufgrund einer Lüge entstanden. Max hatte nicht von mir gekostet, sondern mich belogen.

»Da bist du baff, was?«, fragte er. »Ich sehe kein Problem darin. Du stehst doch darauf, wenn ich dich schneide. Nur weil ich dich nicht verspeisen will, ändert das doch nichts.«

»Doch, das ändert alles«, murrte ich. »Das ist nicht richtig. So soll es nicht laufen. Und du bist nicht der, den ich suche. Mach mich sofort los. Dann vergessen wir die Sache.«

»Das kannst du dir abschminken. Ich habe dich im Netz angekündigt. Das *long pig*, das ich reiten werde wie einen Stier. Die Leute gehen steil! Halte dich bereit. Wir sind gleich live.«

»Wir sind was?«

Max verließ den Raum.

Ich schrie ihm hinterher: »Das kannst du nicht machen! Damit ruinierst du mein Leben! Falls das jemand sieht! Max!«

Ein Knarzen näherte sich. Komplett in Latex gekleidet kehrte er zurück. Um Augen, Mund und Schwanz waren Löcher im glänzenden Material.

»Max, wenn du das tust, dann …«

»Dann was? Sobald ich mit dir fertig bin, wirst du dich zu sehr schämen, um mich anzuzeigen. Du wirst vielleicht in ein anderes Land ziehen. Im Darknet weiß niemand, wer ich bin. Genauso wenig wie du. Mein Name ist falsch. Die Metzgerei gehört nicht meiner Familie. Auch diese Hütte nicht. Du wirst mich niemals finden.« Er hob einen Laptop vom Boden auf. »Ich muss nur Enter drücken und der Spaß geht los.«

Ein mehrfaches Klingeln unterbrach ihn. Es war mein Handy.

Genervt suchte Max es in meinen Taschen. »Ich will nicht, dass es während der Show bimmelt.«

Als ich seiner Forderung nicht nachkam, schnappte er sich einen monströsen Dildo und hielt ihn mir an den After.

»Wenn du brav bist, benutze ich das Ding nicht. Also, wie lautet deine PIN?«

In Anbetracht dessen, was mich erwartete und der daraus resultierenden Panik, nannte ich sie ihm.

Zufrieden hockte er sich neben mich und gab sie ein. »Du hast Nachrichten von einem Kuru-Guy. Ist das einer aus dem Forum? Kuru ist doch diese Krankheit, die man bekommt, wenn man Menschenfleisch isst, oder? Ist eine Art Rinderwahn, glaube ich. Ist jedenfalls interessant, was er schreibt. Ich lese es dir vor: ›Hey, Rob. Das freut mich, dass du den Sinn hinter dem Song

98

verstanden hast. Falls du nichts dagegen hast, hole ich mir meinen Appetitanreger.«« Max hielt mir das Handy vors Gesicht. »Keine Ahnung, was das bedeuten soll. Er hat ein Foto geschickt.«

»Das ist mein Haus!« Dann fiel es mir wie Schuppen von den Augen: *Das Lied! Der Satz, dass die Tochter als Appetitanreger dient. Ronja!* »Max, bitte, du musst mich sofort gehen lassen. Mein Kind ist in Gefahr!«

Er ging nicht darauf ein, sondern schaltete mein Smartphone ab und schnappte sich den überdimensionalen Dildo: »Die Show kann losgehen«, und drückte den Enterknopf an seinem Laptop.

Kapitel 11

Ronja hockte oben am Treppenabsatz und lauschte. Irgendetwas war seltsam. Papa war gestern nach ihrem Kinobesuch nicht da gewesen. Irgendwann hatte Mama sie ins Bett geschickt und als sie am Morgen aufwachte, war er offenbar schon zur Arbeit gefahren.

Und jetzt hatte sie ein komisches Gefühl im Bauch. Onkel Chris war gekommen. Er und Mama redeten aufgeregt miteinander. Es klingelte an der Tür.

Ronja spähte über das Treppengeländer. Zwei Männer in Uniform betraten das Haus.

»Polizisten«, flüsterte sie. Bisher hatte sie die nur aus der Ferne oder im TV gesehen. *Was wollen die hier?*

»Kommen Sie bitte mit«, sagte Mama und führte die Beamten weg.

Sie zog ihr Handy und schrieb Susi eine Nachricht.

»Die Polizei ist hier!«

Es kam sofort eine Antwort: *»Wieso? Hast du Scheiße gebaut?«*

»Nein, es ist wegen Papa.«

»Hat er was angestellt?«

»Nein, du blöde Kuh. Mach keine Scherze. Ich hab Angst. Ich glaube, ihm ist was passiert.«

»Im Ernst?«

»Ja, verdammt!«

»Soll ich rüberkommen?«

»Ja, mach schnell!«

Ronja steckte das Telefon weg und lauschte. Sie nahm nur wenige Wortfetzen wahr. Es ging auf jeden Fall um Papa! Mama sagte immer wieder seinen Namen. Und sie hörte ihren Onkel sagen, dass das seinem Bruder nicht ähnlichsehen würde. Und irgendetwas mit *Verschwinden.*

101

Nach fünf Minuten bekam sie eine Nachricht von Susi, dass sie gleich da wäre. Wenn ihre Freundin mit dem Fahrrad fuhr, brauchte sie nicht lange. Ronja schnappte sich ihre Jacke, den Schlüssel und schlich durch die Vordertür aus dem Haus. Es war schon dunkel. Sie hatte Papa zuletzt vor einem Tag gesehen. Das war noch nie vorgekommen. Da fiel ihr ein, dass er sie letztens zu spät abgeholt hatte. Auch das war seltsam gewesen. Auf ihren Vater konnte sie sich eigentlich immer verlassen.

»Wo bleibst du?« Ronja trat von einem Bein auf das andere. Es raschelte im Gebüsch gegenüber. »Susi?«, fragte sie und lief auf die gegenüberliegende Straßenseite. Das wäre nicht das erste Mal, dass ihre Freundin so einen Quatsch machte. Sie liebte es, Ronja zu verarschen und zu erschrecken. Susi hatte den Ernst der Lage nicht erkannt.

»Komm raus, du dummes Huhn. Ich hab keine Lust auf deine Späße.«

Wieder raschelte es. Sie ging einen Schritt auf das Gestrüpp zu, bis sie knapp davorstand. »Susi, lass den Scheiß!«

Plötzlich schnellte eine Hand zwischen den Blättern hervor. Eine große. Eine kräftige. Eine männliche. Sie packte Ronjas Arm, jagte eine Nadel hinein, zerrte sie in das Gebüsch. Starke Arme umschlangen sie. Ronja bekam kaum Luft. Sie wehrte sich, doch ihre Glieder wurden schlaff.

Eine Stimme flüsterte ihr ins Ohr: »Hallo, süßes Schweinchen.«

102

Kapitel 12

Nach der Prozedur fiel ich in Ohnmacht. Ich weiß nicht, wie lange ich schlief, aber als ich die Augen aufschlug, war Max nicht mehr da. Die Kameras standen an Ort und Stelle. Mein Körper brannte. Meine Haut, weil sie übersät war mit Schnitten – und meine Genitalen aus diversen Gründen. Er hatte sämtliche Sextoys und sein von der Natur gegebenes Instrument benutzt, um mich zu penetrieren. Ich fühlte mich beschmutzt. Wie in meiner Kindheit.

Ich hatte während der Folter nicht nur Max gesehen. Als ich vor Schmerz ins Delirium abgeglitten war, hatte ich gedacht, meinen toten Onkel in Max zu sehen, was schlichtweg unmöglich war. Mein Gehirn hatte mir Streiche gespielt.

Mein Peiniger betrat den Raum. »Da bist du ja. Guten Morgen.« Er hielt ein Fläschchen mit einer klaren Flüssigkeit in der Hand.

»Was ist das?«, fragte ich.

»Etwas, damit deine Wunden sich nicht entzünden. Könnte brennen.«

»Geh weg!«, brüllte ich und versuchte, dem Wattetupfer auszuweichen, mit dem er auf meine Verletzungen zielte.

»Stell dich nicht so an!«, verlangte Max. Sein Arm schnellte nach vorn. Aber nicht der mit dem Wattebausch, sondern der andere. Max drückte seinen Daumen auf einen Schnitt. Blut lief daraus hervor und ich schrie mir die Seele aus dem Leib. Mit freudiger Erregung hatte das nichts mehr zu tun. Ich erlitt Schmerzen, die ich mir so niemals ausgemalt hatte. Sie waren nicht richtig.

103

Max tupfte meine Läsionen ab. Die Flüssigkeit brannte höllisch.

»Damit wirst du die zweite Runde durchhalten«, sagte er augenzwinkernd.

»Die zweite? Bist du verrü...«

Er presste mir den Zeigefinger auf die Lippen. »Überleg dir genau, was du sagst. Du musst begreifen, wer hier am längeren Hebel sitzt. Du hattest es in der Hand. Hättest du freiwillig mitgemacht, hättest du meinen Jagdinstinkt nicht geweckt und wir wären nicht in dieser Situation. Du bist genauso widerspenstig wie Carlo.«

»Wer ist das?«

»Jemand, der sich gewehrt hat und heute nicht mehr unter uns weilt.«

»Hast du ihn getötet?«

Darauf antwortete er nicht. Sein Grinsen sagte mir, dass ich ins Schwarze getroffen hatte.

Er richtete die Kameras aus, die noch liefen. Nur waren wir nicht live. Max hatte mir während der Vergewaltigung ins Ohr geflüstert, dass er alles aufnahm, um sich danach an jede Sekunde unserer Liebschaft zu erinnern. Liebschaft ... ja, so hatte er es genannt. Dieser Wichser!

»Reicht es dir nicht, was du mir angetan hast?«

»Ich kriege nie genug. Wenn du mich so fragst, könnte ich wieder.«

»Wenn du mich gehen lässt, verspreche ich dir, dass wir uns wiedersehen und ich freiwillig mitmache. Ich muss wissen, was mit meiner Tochter ist.«

»Dein Gör interessiert mich einen Scheiß und ich bin erst mit dir fertig, wenn ich das sage. Ruh dich aus. Bald geht es los.«

Er ging aus dem Zimmer. Das konnte ich nicht zulassen. Abgesehen von meiner Angst um Ronja,

104

bezweifelte ich, dass ich eine weitere Runde überstehen würde. Ich hatte eine Menge Blut verloren, das Laken unter mir war durchtränkt. Die Schmerzen würde ich kein zweites Mal aushalten. Eher würde ich an einem Herzinfarkt sterben. Ich musste etwas unternehmen und einen Ausweg finden.

An meinen Fesseln hatte ich bereits vorsichtig gezogen, sie saßen relativ locker, aber Max hatte mich nie lange genug allein gelassen, um einen Befreiungsversuch zu starten. Jetzt, wo er weg war, nutzte ich die Zeit und zog und zerrte. Es geschah nichts. Ich hörte ein Geräusch. Es war die Hüttentür. Max war nach draußen gegangen. Wieso? *Ist doch scheißegal, wieso. Nutze deine Chance!*

Ich vertraute meiner inneren Stimme und riss fester an den Seilen. Das am linken Handgelenk fühlte sich plötzlich lose an. Ich bewegte meinen Arm hin und her, bis mir die Schulter schmerzte, dann sprang die Mistsau raus. Das passierte mir nicht zum ersten Mal, aber dass sie ausgerechnet jetzt auskugelte, konnte ich nicht fassen.

Trotz all dem Ärger und der Qual konnte ich mich aus den Fesseln befreien. Es hatte geklappt!

Es schepperte, als die Tür erneut zufiel. Max war zurück. Er murmelte etwas.

Shit! Shit! Shit!

Ich presste meine ausgerenkte Schulter gegen die Rückwand, drückte und drückte, bis sie sich nach vorn schob. Der stechende Schmerz schüttelte mich durch. Einen Schrei konnte ich mit Mühe unterdrücken. Es fiel mir schwer, meinen Arm unter Kontrolle zu bekommen, als ich die Knoten am Seil der anderen Hand lösen wollte. Mit Konzentration funktionierte es. Beide Arme waren frei. Dann löste ich die Schlingen an meinen Fußknöcheln.

Wie ein Greis krabbelte ich aus dem Bett. Die Schnitte brannten und mein Arschloch fühlte sich an, als wäre eine Herde Büffel hindurchgeritten. Kaum hatte ich einen festen Stand gefunden, kam Max ins Zimmer. Als er mich sah, entgleisten ihm die Gesichtszüge. Bevor er reagieren konnte, stürzte ich mich mit einem Kampfschrei auf ihn. Polternd landeten wir auf dem Boden. Max versetzte mir Faustschläge ins Gesicht. Ich konterte, indem ich ihm in seine Hand biss.

Ein Boxer wäre kaum von unserem Kampf beeindruckt gewesen. Max schlug zu wie ein Mädchen und ich war so geschwächt, dass ich ihm in nichts nachstand. Wie zwei Bubis auf dem Schulhof rauften wir, bis uns die Puste ausging. Irgendwann schrie Max: »Hör auf! Stopp! Lass uns das beenden. Das führt zu nichts. Du kannst gehen.«

Wie betäubt rappelte ich mich auf. Lähmende Pein durchflutete mich. Ich konnte fast nicht gerade stehen. Alles tat weh, wobei der seelische Schmerz einen Funken schwerer wog als der körperliche, den Max über mich gebracht hatte. Ich hasste ihn. Ihn und die anderen Idioten aus dem Internet.

Mein Traum, meine Lust, mein Lebensziel, all das ist ... Scheiße! Bullshit! Sprich es doch aus! Du wirst niemals deinem persönlichen Schlachter begegnen. Die Menschen sind Egoisten. Jeder will das Beste für sich herausholen. Du wirst niemanden finden, der dich so sanft ins Jenseits essen wird, wie du es dir vorstellst. All die Jahre hast du dir etwas vorgemacht!

Max stemmte sich hoch, setzte sich aufs Bett und betrachtete seine Hand. Sie war rot und blutete, meine Zahnabdrücke waren zu erkennen.

»Du beißt zu wie ein Pitbull!«, kokettierte er kichernd.

106

Wirklich. Der Wichser lachte. Als hätte es die letzten Stunden nie gegeben, als hätte er mir nie einen Megadildo ohne Gleitmittel in den Allerwertesten gerammt. Scheinheiliges Arschloch.

Ich wandte mich um und wollte gehen, da fügte er hinzu: »Pass in Zukunft auf deinen süßen Hintern auf. Ich wette, ich war nicht der Einzige in deinem Leben, der ihm nicht widerstehen konnte.«

Umgehend verharrte ich in der Bewegung. Bilder meines Onkels fluteten mein Gehirn. Gefühle übermannten mich, zwangen mich wortwörtlich in die Knie. Weinend stützte ich mich auf den Händen ab, krallte meine Finger in den Tierfellteppich, der neben dem Bett lag. Blut verklebte die Fasern und dunkelbraune Flecken versauten den Stoff. Die stammten von mir. Rektale Hinterlassenschaften meiner Tortur.

»Eine Memme bist du also auch?«, verhöhnte Max mich. »Komm, schau in die Kamera! Dann kann ich den Moment, in dem du zusammenbrichst, in Dauerschleife genießen.«

Seine Worte schnitten in mein Fleisch. Hatten die miesen Dreckschweine alle denselben Wortschatz? Wieder hatte Max eines benutzt, das Herbert zu gern für mich verwendet hatte: Rob, die weinerliche Memme. Kein richtiger Mann, wie er selbst einer war. Nein, ein heulendes Kind, das die Liebe des Onkels nicht erwiderte und sich nachts wie ein Feigling unter der Decke versteckte.

»Ach, weißt du was? Hau ab. Hier hast du dein Handy. Deine Sachen liegen im Wohnzimmer. Zieh dich an und verpiss dich!«

Mich traf etwas Hartes am Rücken. Mein Smartphone landete neben mir im Tierfell. Ich ergriff es und drückte es an mich wie einen Schatz. Das war meine Verbindung zur Außenwelt. Zu meiner Frau, zu meiner Tochter. Und der Polizei. Sollte ich sie rufen?

Unsinn! Was soll das bringen? Max ist weg, bevor sie eintreffen! Was soll ich dann tun? Einfach gehen? Ihn vergessen? Ihn davonkommen lassen?

Mein Blick wanderte durchs Zimmer und blieb an einer Nachttischlampe hängen. Kein hässliches vergoldetes Ding wie aus meinem Kinderzimmer, dennoch erinnerte es mich an den Moment, als ich meinen Onkel damit niederschlug.

Mein Verstand schaltete ab. Ich schnappte mir die Lampe und überfiel Max. Mal um Mal schlug ich auf ihn ein. Traf ihn auf der Brust, am Kopf, an den Schultern.

Und er?

Er lachte.

Wahrhaftig.

»Ja! Ja! Tob dich aus!«, schrie er und gackerte wie ein Huhn.

Er lag rücklings auf dem Bett, schützte sein Gesicht mit den Armen. Die Haut über Elle und Speiche platzte auf. Max' Blut spritzte auf mich, das Laken, überall hin. Es vermischte sich mit meinem. Ich ging mit Max eine ausgelagerte, ungewollte Blutsbrüderschaft ein.

Und er? Er fand es immer noch amüsant.

Ich hämmerte auf ihn ein, bis mich ein stechender Schmerz im Bauch innehalten ließ. Mit erhobener Schlagwaffe starrte ich zu meiner Körpermitte. Ein Messer steckte bis zum Griff darin. Max hielt ihn fest.

»Wenn ich es rausziehe, verreckst du.«

Dazu ließ ich es nicht kommen. Mit letzter Kraft schlug ich ihm die Lampe so hart auf den Schädel, dass er augenblicklich das Bewusstsein verlor. Seine Hand löste sich vom Messergriff. Ich stieg vom Bett,

108

schnappte mir mein Handy und taumelte ins Wohnzimmer. An meine Anziehsachen dachte ich keine Sekunde. Nackt wie ich war, torkelte ich zur Tür, öffnete sie, stolperte hinaus.

Um mich herum knackte Gehölz. Waren das Schritte? Dann erklang ein Ruf: »Stopp! Stehen bleiben! Hände über den Kopf!«

Ich blinzelte der Person entgegen. Verschwommen nahm ich sie wahr. Meine Lebenskraft verließ mich. Ich verlor viel Blut. Mit Mühe hob ich die Arme hoch.

»Er ist unbewaffnet!«, kam es von links.

Ach, sag bloß! Wo soll ich eine Waffe verstecken? Zwischen meinen Arschbacken?

»Und verletzt! Ruft einen Krankenwagen!«, tönte es vor mir.

Echt jetzt? Ist mir überhaupt nicht aufgefallen …

»Ist er das?«

»Schwer zu sagen.«

Ich sank in mich zusammen, landete auf dem Rücken. Das Messer ragte wie eine Fahnenstange aus meinem Bauch. Menschen beugten sich über mich. Teilweise in Uniform, manche in zivil.

»Wer hat Ihnen das angetan?«, fragte mich eine Frau.

»Drinnen …«, brachte ich hervor.

»Was hat er gesagt?«, wollte ein dazugekommener Mann in meinem Alter wissen.

»Drinnen«, wiederholte sie. »Sieh du in der Hütte nach, Tomas. Ich helfe ihm.«

Dann fielen mir die Augen zu.

»Bleiben Sie bei mir!«, hörte ich sie aus der Ferne. »Sie müssen wach bleiben.«

Das blieb ich nicht.

Ich verlor das Bewusstsein.

Kapitel 13

Ronja versteckte sich unter der Decke. Die Ketten klirrten. Der Stahl drückte sich in ihre Handgelenke, weil *er* die Handschellen fest zugedrückt hatte. *Er.* Kuru, nannte er sich. Das hatte er zu ihr gesagt. Und er kenne ihren Vater, hatte er behauptet.

Papa hätte ihm angeblich erlaubt, sie zu holen und sie hierherzubringen.

Sie zog sich den Stoff vom Kopf, sah den Schrecken in diesem Raum. Weiße Strahler beleuchteten jeden Quadratzentimeter. Es gab keinen Schutz vor dem grellen Licht. Selbst durch die Decke drang es.

Ronja zog sie sich über die Augen. Sie konnte den Anblick nicht ertragen. Das war unwirklich, unmenschlich, das konnte, nein, das durfte nicht wahr sein.

Durch ihre Mutter und ihr Interesse für Medizin wusste Ronja viel über den menschlichen Körper. Über dessen Stärken und Schwächen. Über Krankheiten, nötige Mineralien und Vitamine, vorhandene Knochen und Muskeln. Ärztin wollte sie werden, um genau zu sein: Chirurgin. Ihr war bewusst, dass sie dort das Leid und den Schmerz jedes Patienten hautnah miterleben würde, und sah sich dafür gut gerüstet. Kotze, Exkremente und Blut machten ihr nichts aus. Bis jetzt. Bis zu dem Moment, als sie aufgewacht war und die Frauen gesehen hatte. Vier waren es. Eine hing angekettet an der Wand, eine andere saß auf einem Stuhl, die dritte lag auf einem Bett und die vierte auf dem Boden. Sie sahen sehr unterschiedlich aus, verschiedene Haarfarben und Staturen, nur eines hatten sie gemeinsam: Sie litten grauenvolle, unmenschliche Schmerzen. Das mussten sie Ronja nicht sagen. Sie sah und hörte es. Ihre Körper waren zerstört.

111

Blutverschmiert. Die Gesichter verzerrt vor Leid. Ihre Schreie, das stundenlange Wimmern und Klagen, war ein Lied der Pein.

Und an allem war er schuld: Kuru. Der Typ, der Papa angeblich kannte. Das konnte Ronja kaum glauben. Papa war der netteste Mann auf der Welt. Er würde einen Verrückten wie ihren Entführer nicht kennen. Oder? In den letzten Tagen war er komisch gewesen, hatte abwesend gewirkt, war zu spät gekommen. Und dann die Sache, dass er verschwunden war. Die Polizei in ihrem Haus. Onkel Chris, der verängstigt gewirkt hatte.

Das musste zusammenhängen. Nur wusste sie nicht, wie.

Die Stahltür öffnete sich. Das war er. Kein Zweifel. Sie erkannte ihn an seinen Schritten. Er hatte die quietschenden Gummistiefel an. Und die raschelnde Plastikschürze. Die Geräusche näherten sich. Ihre Hände umklammerten die Decke, hielten sie so fest, wie sie konnten. Es nutzte nichts. Kuru zog sie ihr vom Kopf.

Da war es, das hübsche Gesicht. Das, welches Ronja an die Jungs aus den Boybands erinnerte, die sie anhimmelte.

Kurus Haare waren nett zurechtgemacht. Sie waren von einem satten Braun. Seine ebenfalls braunen Augen schauten in ihre. Sein runder blutroter Mund lächelte liebevoll. Aber Kuru war kein niedlicher Kerl aus einer Band. Er war das Grauen. Ein Monster. Der Tod.

»Hallo«, meine Kleine. Wie geht es dir?«, säuselte er. Seine Stimme war wohlklingend und warmherzig. Sie passte ebenso wenig zu seinen Taten wie sein Aussehen.

Sie antwortete nicht.

»Du bist verängstigt, das verstehe ich«, verriet er. »Du benötigst Zeit. Ich gebe sie dir. Solange spiele ich mit

112

deinem Daddy. Was denkst du? Wird er gewinnen oder verlieren, wie die anderen?« Kichernd deutete er auf die Frauen, dann beugte er sich nahe zu ihr. »Ich verrate dir ein Geheimnis, aber nicht weitersagen. Die Stecher von denen da sind Versager, Schlappschwänze, sie haben keine Chance mehr, siegreich zu sein. Wir spielen seit Wochen, sie finden es nicht heraus. Keiner von ihnen. Dein Papi kann es schaffen. Wir werden sehen. Bis dahin brauchen wir Brotkrumen, die wir ausstreuen. Was meinst du? Schneiden wir Blondi heute eine Hand oder einen Fuß ab?«

Ronjas Unterlippe zitterte. Wortlos starrte sie das unmenschliche Wesen an. Jeder Kaktus hatte mehr Mitgefühl als dieser Mann. Seine Optik passte nicht zu dem, was er jetzt tun würde.

Kuru ging zur Tür, öffnete sie und zog einen Rolltisch herein, bis er bei der Blondine ankam. Wie Jesus am Kreuz stand sie angekettet an einer gekachelten Wand. Ronja wusste weder, wie die Frau hieß, noch wo sie herkam. Sie war eine Fremde, die genauso gefangen war wie Ronja und etwa dreimal so alt wie sie.

»Aufwachen, meine Hübsche!« Er schlug ihr ins Gesicht.

Ronja versteckte sich unter der Decke.

Energische, quietschende Schritte näherten sich ihrem Bett. Jetzt passte seine Stimme zu seinen Taten. Eiskalt murrte er: »Sieh hin, oder ich schneide dir einen Finger ab!«

Wie erstarrt blieb sie in ihrer Position.

»Ich scherze nicht!« Plötzlich schrie er sie an: »Nimm die Scheißdecke runter oder ich reiße dir deinen jungfräulichen Arsch auf!«

113

Das brachte Bewegung in ihre Glieder und sie zog die Decke weg.

»Braves Mädchen. Schau hin. Dann weißt du, was dich erwartet, wenn dein Papi versagt.«

Er nahm ein Beil vom Tisch, ging zur Blondine, legte das Metall unter ihr Kinn und hob den gesenkten Kopf an. Mit müden Augen blinzelte sie ihren Peiniger an.

»Jonas ist keinen Schritt weiter. Was hast du dir da für einen Schlappschwanz ausgesucht? Über Geschmack lässt sich bekanntlich streiten, aber so einen unfähigen Sack? Das hätte ich einem Kaliber wie dir nicht zugetraut. Es heißt ja, dass attraktive Frauen sich gern mit unansehnlichen Männern oder Freundinnen abgeben, damit ihre Schönheit noch mehr strahlt. Bist du so eine?«

»Nein«, flüsterte die Gefolterte.

»Wenn du meinst«, sagte er schulterzuckend. »Jedenfalls habe ich ihm viele Hinweise gegeben und er schafft es nicht. Unglaublich, wie dumm alle sind. Egal, ran ans Werk.«

Ohne Vorwarnung hieb er mit dem Beil auf ihr Handgelenk ein. Blutspritzer verteilten sich auf den weißen Kacheln. Die Ketten klirrten. Kuru holte aus, traf das Fleisch. Das Schmatzen des Gewebes, das Knacken von Knochen und die Schreie der Geschundenen vermischten sich. Ronja wurde übel. Sie wollte wegsehen, aber das wagte sie nicht. Die Angst vor Kurus Gewalt war enorm.

Vier weiterer Schläge bedurfte es, bis die Hand zu Boden fiel. Sie wirkte wie ein Gummiutensil aus dem Halloweenladen. Wie eine makabre Karikatur eines menschlichen Körperteils.

Der Arm der Frau baumelte neben ihrem Körper, da keine Handknochen mehr die Ketten und somit ihn an der Wand hielt. Aus dem Stumpf tropfte unaufhaltsam

114

Blut. Kuru nahm einen Gasbrenner vom Tisch, entzündete ihn und verödete damit Fleisch und Adern.

Der Geruch nach verbranntem Steak breitete sich aus. Ronja würgte. Kotze platschte auf die Decke.

Das nennt man kauterisieren, hörte sie die Stimme ihrer Mutter im Kopf, *so kann man rasch die Blutung stoppen. Das erhöht die Überlebenschancen.* Erzählt hatte sie ihr das, als sie mehr über die Medizin der vergangenen Jahrhunderte wissen wollte.

»Und jetzt«, verkündete Kuru, »nehmen wir das gute Stück und legen eine neue Spur aus. Vielleicht findet er die Lösung.«

Ronja nahm allen Mut zusammen und fragte: »Was passiert dann?«

Erfreut kam er mit dem abgeschlagenen Körperteil zu ihrem Bett. »Das Vögelchen kann sprechen.« Er deutete auf die geschundene Frau, dazu nutzte er einen ihrer Finger. »Sobald ihr Mann die Antwort gefunden hat, bekommt er seine Angetraute wieder. In welchem Zustand sie sein wird, entscheide ich nach Lust und Laune. Bis dahin verbringen wir eine irrsinnige Zeit miteinander. Nicht wahr?« Tänzelnd begab er sich zum Stahltisch, nahm eine Plastiktüte, stopfte die abgetrennte Hand hinein, schob den Wagen pfeifend hinaus und verschwand.

Zurück blieben die Frauen, das frische Blut an der Wand und ein Mädchen, das noch nie in ihrem Leben eine derartige Angst verspürt hatte.

Kapitel 14

Als ich aufwachte, überkam mich ein Gefühl der Angst. Ich wusste nicht, wo ich war. Lauerte Max dort hinten im Schatten? Ich schaute an mir hinab. Im Dämmerlicht erkannte ich Schläuche. Dinge, die in meinen Armen steckten. Ich war zugedeckt. Darunter war ich nackt.

»Wo ...?«, sagte ich. Der Raum klang leer. Ich riss mir die Nadeln aus dem Arm. Geräte piepsten. Wankend stieg ich aus einem Bett. Es sah aus wie das in einem Krankenhaus. Ein Fernseher hing an der Wand. Ich torkelte benommen ans Fenster, zog die Vorhänge auf. Draußen war es dunkel. Da war ein Parkplatz und da stand ein Krankenwagen.

»Bin ich in einer Klinik?«, fragte ich. Ein stechender Schmerz durchzog meinen Bauch. Erinnerungen kehrten zurück. An den Kampf mit Max, die Stichwunde. Die Beamten, die sich über mich gebeugt hatten.

Hinter mir erklang ein Geräusch. Eine Krankenschwester kam herein.

»Legen Sie sich sofort wieder hin!«, forderte sie.

»Was ist passiert? Wo bin ich?«

Ein Mann und eine Frau folgten ihr. Beide kannte ich. Ich hatte sie an der Hütte gesehen. Tomas hieß der eine, falls ich mich recht erinnerte.

»Ist er wach?«, fragte er. »Wir müssen mit ihm reden!«

»Immer langsam!«, giftete die Pflegefachkraft ihn an. »Der Patient hat viel Blut verloren und eine frische Naht am Bauch. Haben Sie Mitleid!«

Dieser Tomas wurde ebenso ungehalten. »Mein Mitgefühl hört auf, wenn es um kranke Schweine wie ihn geht und ein Kind verschwindet. Also entschuldigen Sie

117

meine aufbrausende Art, aber wir müssen dieses Arschloch sofort befragen!«

»Tomas!«, zischte die Frau neben ihm. »Du verlierst die Beherrschung. Reiß dich zusammen.«

Darauf reagierte er, atmete ein und aus und bat die Krankenschwester: »Bringen Sie Kleinmann zurück in sein Bett, schließen Sie die Maschinen an und lassen Sie uns dann mit ihm sprechen. Der Arzt meinte, sobald er wach ist, könnten wir ihn vernehmen.« Er trat auf die Schwester zu. »Es geht um das Leben eines dreizehnjährigen Mädchens, also kooperieren Sie.«

Das ließ mich aufhorchen. »Reden Sie von meiner Tochter? Was ist mit Ronja?«

Sie antworteten nicht, sondern gingen aus dem Zimmer. Ich wollte ihnen hinterherrennen, die Kraft verließ mich und meine Beine knickten weg. Die Krankenschwester fing mich auf und brachte mich zum Bett, schloss mich wieder an, legte mir neue Zugänge und klemmte mich am Tropf an.

Ich verzog das Gesicht, als mein Bauch schmerzte.

»Da ist ein Analgetikum drin, gleich geht es Ihnen besser«, versprach sie und fügte hinzu: »Wenn die Beamten zu ruppig mit Ihnen umgehen, drücken Sie den Knopf, ich komme sofort.« Sie ging zur Tür, hinaus auf den Flur und verkündete: »Sie können zu ihm.«

In mir krampften sich sämtliche Muskeln zusammen, als die beiden das Zimmer betraten. Nicht vor Schmerz – die Flüssigkeit aus dem Tropf wirkte umgehend –, sondern aus Angst vor dem, was sie wussten. Über mich und meine Aktivitäten. Und vor dem, was mit Ronja war. Was hatten die Worte des Mannes zu bedeuten, dass ein Mädchen in Gefahr war?

118

»Ich würde sagen, wir starten von vorn«, sagte die Frau und reichte mir die Hand. »Mein Name ist Hanna Sturm, Kommissarin der Duisburger Kriminalpolizei und das ...«, sie deutete auf den Mann neben sich, »ist der unvergleichliche Tomas Ratz, Kriminalhauptkommissar und ständiger Gast in der Presse. Vielleicht haben Sie von ihm gehört?«

Überwältigt schüttelte ich den Kopf. *Kriminalpolizei ...?* Die kannte ich nur aus den Krimis, die ich mit Bine gesehen hatte.

»Schade, sonst wüssten Sie, was Ihnen blüht.« Augenzwinkernd nahm sie sich einen Stuhl und setzte sich. Ihr Partner tat es ihr gleich. So aufbrausend er vorhin gewesen war, so handzahm verhielt er sich jetzt. Hatte Hanna ihm einen Maulkorb verpasst? Wie hatte ich ihren letzten Satz zu deuten? War das Spaß oder eine Drohung?

»In der vergangenen Zeit war bei Ihnen ja einiges los«, sagte sie und deutete auf mich. »Wir haben das, was Sie jüngst getrieben haben, rekonstruiert. Ihr Smartphone und Ihr Laptop haben uns geholfen. Zusätzlich die Auswertung der Videos, die Lukas Witte von Ihnen und Ihren ... gemeinsamen Aktivitäten gemacht hat. Ihre Frau rief die Polizei, nachdem Sie mehrere Tage verschwunden waren. Zum Glück konnten wir Ihr Handy orten und Sie finden. Auch dem genialsten Genie unterläuft mal ein Fehler.« Hanna lächelte erst Tomas, dann mich an. »Wir hatten Lukas und seine Handlungen im Darknet schon lange im Auge, kamen aber nie an ihn heran. Dafür sind wir Ihnen dankbar.«

»Nicht wirklich«, murrte Tomas.

Hanna fuhr unbeirrt fort: »Ob Sie wegen Körperverletzung angeklagt werden oder ob der Richter es als Notwehr wertet, werden die weiteren Ermittlungen zeigen.

119

Erste Auswertungen der Videos weisen darauf hin, dass Sie um Ihr Leben bangen mussten und Lukas Witte zur Selbstverteidigung angriffen. So viel von mir.« Sie lehnte sich zurück.

Tomas Ratz beugte sich vor. Die eine Hand hatte er zur Faust geballt, die andere legte er darüber und drückte zu. Das zeigte die weiße Haut an den Fingerknöcheln.

»Jetzt kommen wir zum Rest der Geschichte«, begann er. »Auf Ihren Geräten wurde Material gefunden, das darauf hinweist, dass Sie sich für Kannibalismus interessieren. Oder vielmehr dafür, sich essen zu lassen. Ist das korrekt?« Seine Stimme klang ruhiger als vorhin. Ich traute dem Frieden nicht. Dieser Mann sah aus, als würde er jeden Moment explodieren.

»Ich weiß nicht, wovon Sie reden«, meinte ich.

»Sie haben sich nicht in diversen Foren angemeldet und ein Pamphlet veröffentlicht? Wenn ich zitieren darf.« Er zog einen Zettel aus der Innentasche seiner Jacke. »*Die Frage ist jetzt nur, bin ich ein Gebender oder bin ich ein Nehmender? Das kann ich ganz leicht beantworten: ein Gebender. Also, meine Damen und Herren des dunklen Forums: Wer von Ihnen möchte mich essen?*« Tomas steckte ihn weg, schaute mich unverwandt an. »Das haben Sie nicht am Ende eines langen Textes geschrieben, in dem Sie von Ihrer Frau, Ihrer Tochter und Ihrem Bruder berichten?«

»Nein ...«

Ratz schlug auf den Beistelltisch, seine Stimme gewann an Lautstärke. »Erzählen Sie uns keine beschissenen Märchen, Kleinmann. Wir haben Beweise dafür, dass Sie jemanden gesucht haben, der Sie isst, bis Sie sterben. Ihren persönlichen Schlachter, wie Sie ihn nennen. Die Videos von Lukas Witte sprechen Bände. Dazu kommen weitere Hintergrundinfos über Sie, die wir herausgefunden haben. Ihre Angetraute fand diese hochinteressant. Da wären das Testament und die Lebensversicherung mit der hohen Summe, die sämtliche Todesarten abdeckt. Zugunsten Ihrer Familie natürlich. Sie haben alles für Ihr Ableben vorbereitet. Ist es nicht so?«

Stumm wie ein Fisch blinzelte ich ihn an. Bine wusste es. Ich hatte die schlimmste Nacht meines Lebens überlebt und es dennoch verloren. Es war aus und vorbei. Nichts würde mehr sein wie zuvor.

»Das können wir wohl als ein Ja deuten«, sagte Hanna.

»Sehe ich auch so«, stimmte Tomas ihr zu. »Das kann uns vorerst herzlich egal sein. Wünsche und Worte sind noch kein Verbrechen. Dafür, dass Sie Lukas Witte halb totgeschlagen haben, kommen Sie höchstwahrscheinlich nicht ins Gefängnis. Ist also alles im Lot.«

»Wenn da nicht mein Partner wäre«, leitete Hanna ein.

Ratz' Kopf lief rot an. »Wissen Sie, was mich scheißwütend macht? Wenn jemand wie Sie, ein perverser Drecksack, mit seinen Aktivitäten im Netz nicht nur sich, sondern auch seine Familie in Gefahr bringt. Was sind Sie? Ein Psychopath? Ein Sadist? Können Sie überhaupt Gefühle empfinden?«

»Zügle dich«, warnte seine Partnerin.

Der Kommissar atmete tief ein und aus.

Ich nutzte die Pause und versicherte: »Ich liebe Sabine. Ronja ist mein Ein und Alles! Ich wollte ihnen mit meinem Verhalten nie schaden. Das müssen Sie mir glauben!«

»Das hilft Ihrer Tochter auch nicht«, sagte Tomas unheilschwanger.

»Was wollen Sie damit andeuten? Was ist mit ihr?«

121

In diesem Moment erklang Tumult auf dem Krankenhausflur. Durch die geschlossene Tür hindurch hörte ich eine Frau schreien. Erst undeutlich, dann vernahm ich jedes Wort. Und die versetzten mir Stiche ins Herz. Bine sprach sie aus.

Sie schrie: »Fassen Sie mich nicht an! Wo ist der Dreckskerl? Dieses Schwein! Lassen Sie mich sofort zu ihm!«

Die Tür wurde aufgerissen. Die Liebe meines Lebens stürmte herein. Hinter ihr stolperte die Krankenschwester her, die versuchte, meine Frau aufzuhalten. Ohne Erfolg. Sie stürzte auf mich zu. Selbst die Beamten waren zu überrumpelt und verblüfft, um sie zu stoppen.

Bine schlug mir ins Gesicht. Ihres war von Tränen benetzt. Ihre Augen waren verquollen, als hätte sie die ganze Nacht geweint.

»Du Mistkerl! Wo ist sie? Wo ist Ronja? Wenn ihr etwas zustößt, dann schwöre ich dir, dass ich dich kastriere! Während du mit anderen Männern gefickt hast, hat jemand unser Kind entführt!«

Weitere Hiebe prasselten auf mich ein. Die Beamten gingen dazwischen, zerrten Bine von mir weg. Unsere Blicke trafen sich. In ihrem lag purer Hass. Mehr nicht. Die Liebe war fort. Ich hatte die Frau verloren, die ich immer geliebt hatte. Mit einem Schlag. Und anscheinend nicht nur sie.

»Bring sie raus«, sagte Tomas zu Hanna und schloss die Tür hinter ihr und meiner tobenden Gattin. Er kam zurück und setzte sich, als wäre nichts gewesen. »Sie haben ja gehört, was passiert ist.« Er beugte sich vor. »Wegen Ihrer Aktivitäten ist Ihre Tochter entführt worden.«

»Wer hat sie?«, fragte ich. Mein Puls raste. Das spürte ich nicht nur, das hörte ich auch. Die Maschinen, an die ich angeschlossen war, piepsten schneller.

»Sie haben mit ihm per Privatnachricht gechattet. ›Kuru-Guy‹ nennt er sich. Er wollte, dass Sie sich ein Lied anhören. Klingelts?«

Das habe ich ganz vergessen! Seine letzte Nachricht, dass er sich seinen Appetitanreger holen würde und ein Foto unseres Hauses!

»Ja, ich, er … o mein Gott!«

»Beten Sie lieber lauter. Der Mann, der Ihre Tochter hat, ist uns bekannt. Wir jagen ihn seit Wochen. Er sucht sich im Internet seine Opfer. In jeglichen Foren. Bevorzugt in solchen, in denen Sie sich rumgetrieben haben. Weil die Menschen dort verzweifelt genug sind.«

»Soll das heißen …?«

»Hätten Sie sich nicht Ihren Wunsch erfüllen wollen und wären Sie nicht auf diese Plattformen gegangen, wäre Ihre Tochter nicht entführt worden.«

»Es ist meine Schuld?«

»Ist es.«

»Wissen Sie, wo Ronja ist?«

»Nein, Kuru ist ein Geist. Seine Fähigkeiten, online wie in der realen Welt seine Spuren zu verwischen, sind einzigartig. Wir beißen auf Granit. Wir können ihn nicht dingfest machen. So schwer es mir fällt, es zu sagen: Wir benötigen Ihre Hilfe. Kuru spielt mit den Entführten und deren Angehörigen. Nennen Sie es eine Art Schnitzeljagd. Er stellt Rätselfragen oder legt Hinweise aus, die zu ihm führen sollen. Bisher haben wir keines der Opfer lebend gefunden, selbst wenn wir die Aufgaben lösten. Eine Bedingung des Spiels ist, dass eine nahestehende Person der Geiseln teilnimmt. Das sind in diesem Fall

123

Sie. Wir brauchen Sie, Herr Kleinmann. Ohne Sie können wir Ihre Tochter nicht retten.«

»Heißt das, sie ist in Lebensgefahr?«

Tomas Ratz nickte.

»Wer ist dieser Kuru?«

»Der schlimmste Psychopath, der mir je untergekom-
men ist.«

Kapitel 15

Kuru war wieder da. Singend fütterte er die Frauen, kam dann zu Ronja. Er trug normale Schuhe, nicht seine Gummistiefel. Ein gutes Zeichen dafür, dass niemand einen Körperteil verlor? Sie traute der Ruhe nicht. Ihre Eltern hatten ihr beigebracht, immer das Beste zu hoffen und mit dem Schlimmsten zu rechnen.

Diese Taktik war schwer in die grausige Realität zu übernehmen. Vor Stunden hatte sie sich eingenässt. Ihr Darm rumorte vor Hunger. Der Hals war staubtrocken und sie sehnte sich nach einem Glas Wasser. Wie sollte sie da das Beste hoffen?

Mama und Papa werden mich finden!

Das sagte sie vor sich hin wie ein Mantra. Wie ein Lebensmotto, an das sie nur fest genug glauben musste, damit es wahr wurde.

»Das Spiel beginnt bald«, frohlockte Kuru und setzte sich auf die Matratze. Dass sie feucht von Ronjas Urin war und danach stank, interessierte ihn nicht. Er tunkte den Löffel in den gelben Brei und führte ihn zu ihrem Mund.

Sie hatte Hunger, dennoch presste sie die Lippen zusammen. Die anderen Frauen hatten gewürgt, als sie das Zeug gegessen hatten. Ronja ekelte sich allein vor der Konsistenz. Als ihr der Geruch in die Nase stieg, wurde ihr speiübel.

»Iss«, bat er. »Du musst bei Kräften bleiben. Das Spiel kann Wochen oder Monate dauern. Vielleicht findet dein Papi dich nie, und dann? Willst du verhungern?«

Ja, das will ich. Das ist besser, als mich von dir foltern zu lassen.

»Das ist Haferbrei. Die Milch war abgelaufen, aber das passt schon. Wird euch nicht schaden. Komm, rein

125

damit.« Kuru stupste den Löffel gegen ihren Mund. Er ließ ihn sinken, seufzte, stellte die Schüssel weg und packte Ronja am Kinn.

Ihre Wangen wurden zusammengequetscht, vor Schreck blieb ihr die Luft weg. Die Lippen öffneten sich durch den Druck wenige Millimeter. Kuru zwängte den Löffel hinein. Der widerliche Geschmack nach vergorener Milch breitete sich auf ihrer Zunge aus. Ronja würgte. Galle stieg ihre Speiseröhre hinauf.

»Schön schlucken. Ich schwöre dir, wenn du mich ankotzt, fehlen dir nachher ein paar Finger«, drohte er.

Sie konzentrierte sich, schluckte die aufgekommene Übelkeit und den Brei des Grauens runter. So ging es Löffel für Löffel. Haferflocke für Haferflocke. Bis die Schüssel leer gekratzt war.

»Braves Mädchen. Und jetzt artig drin behalten.« Es klingelte. Kuru zog ein Handy aus der Hosentasche und las etwas. Lachend zeigte er Ronja die Nachricht.

Darin stand: *»Die Lösung ist Karosieben!«*

Ihr Entführer schüttelte belustigt den Kopf. »Nein, ist sie nicht.« Sein Blick wanderte zur südländisch aussehenden Frau, die auf dem kahlen Boden saß. Ketten waren darin verankert und hinderten das Opfer daran, sich mehr als ein paar Zentimeter zu bewegen.

»Ey, Sofia, dein Bruder ist so dumm, dass es schmerzt! Karosieben ist seine Antwort auf mein Rätsel. Der Idiot! Ist doch klar wie Kloßbrühe, dass es Herzbube ist. Aber er muss seinen Fehler ja nicht ausbaden. Ich bin gleich wieder da.« Er zwinkerte Ronja zu. »Damit du für die Zukunft Bescheid weißt: Jede falsche Lösung deines Vaters kostet dich Fleisch, Muskeln oder einen Körperteil. Du solltest hoffen, dass er schlauer ist, als er aussieht.«

126

»Woher kennst du ihn?«, fragte sie mit zitternder Stimme.

»Kennen würde ich nicht sagen. Wir haben uns online getroffen, in einem Forum für Kannibalen.«

Ronja war wie vor den Kopf gestoßen. In einem was?

»Hast richtig gehört«, versicherte er. »Kannibalenforum. Da treffen sich die übelsten Psychopathen. Da falle ich überhaupt nicht auf!«

Lachend verließ er den Raum und kam mit seinem Rollwagen zurück. Sofia wusste, was ihr blühte. Sie warf den Kopf hin und her. Das dunkle lockige Haar peitschte durch ihr Gesicht.

»Bleib weg von mir!«, drohte sie.

»Sonst was?«, wollte Kuru wissen und nahm sich ein Skalpell. »Es ist so berauschend, wenn wir am Anfang unseres Spiels stehen. Dann seid ihr noch frisch. Da ist die Auswahl von dem, was ich abschneiden kann, größer.« Kichernd strich er ihre Haare zur Seite, betastete die zarten Ohren. »Eines wird dir reichen. Außerdem musst du nicht hören, was ich sage. Hauptsache, dein Bruder ist aufmerksam.«

Kuru küsste das Hörorgan, setzte die Klinge oben am Ansatz an und schnitt es mit chirurgischer Präzision ab.

Ronja drückte sich die Hände auf die Ohren. Sofias Schreie drangen trotzdem zu ihr durch, fuhren ihr durch Mark und Bein. Dunkelrotes Blut lief Sofias Hals hinab.

Ihr Peiniger nahm sich eine Plastiktüte. »Dein Bruderherz kriegt bald Post«, meinte er gut gelaunt.

Ronja verstand nicht, wie jemand Freude daran haben konnte, einem Menschen derartige Schmerzen zuzufügen. Und was sie auch nicht begriff: Wer ihr Vater war. Wenn er sich in solchen Foren rumtrieb, hieß das, dass er ein Kannibale war?

Kuru legte das eingepackte Ohr auf den Rollwagen und kam zu Ronja. Mit dem Handy in der Hand setzte er sich zu ihr.

»Es wird Zeit, dass wir Level eins beginnen, meinst du nicht? Ich habe das perfekte Rätsel für deinen Papi, das wird der Hit!« Er tippte etwas ein und zeigte ihr die geschriebenen Worte. Dann sagte er: »Soll ich dir die Antwort verraten?«

Kapitel 16

Ein Handy klingelte. Ich erkannte den Ton. *Das ist meins!*

Tomas holte es aus seiner Jacke und sagte: »Eine Nachricht. *Er* ist es.«

»Soll ich Ihnen meine PIN geben?«

Er sah mich mit hochgezogener Augenbraue an. »Wir haben Ihr Handy längst geknackt und durchsucht. Wir haben eine fähige Technikerin, die das binnen Sekunden erledigt.«

»Wenn Sie so begabte Leute haben: Warum haben Sie Kuru dann noch nicht gefasst?«

Damit zog ich mir weiteren Unmut von ihm zu. »Weil es mehr als ein Computergenie da draußen gibt. Er ist eines davon.« Der Beamte schwieg, las etwas.

»Was will er? Geht es um Ronja?«

»Das Spiel beginnt«, sagte er.

Die Zimmertür öffnete sich. Hanna kehrte zurück.

»Du kommst gerade richtig«, meinte er und zeigte ihr das Handy. »Level eins. Es geht los.«

»Level eins? Tut Kuru so, als wäre das ein Videospiel?«, wollte ich wissen.

»So in etwa«, bestätigte sie. »Was schreibt er?«

»Dass es für den Anfang etwas Einfaches gibt. Es ist ein Rätsel.«

»Was will er wissen? Und wie viel Zeit haben wir?«, fragte Hanna.

»Was mutiger Sex ist. Wir haben sechzig Minuten.« Tomas verzog den Mund und tippte auf meinem Handy herum. »Da ist es schon.«

»Wieder bei Google gefunden?«

»Natürlich.«

»Wenn es doch immer so anspruchslos wäre«, meinte Hanna bedrückt. »Was ist die Lösung?«

»Die ist dämlich und passend zugleich.« Er sah mich unverhohlen an und sagte: »Frage: Was ist mutiger Sex? Antwort: Oralsex mit einem Kannibalen. Und abgeschickt. Das verschafft Ihrer Tochter ein wenig Zeit. Es wird nicht lange dauern, und wir bekommen die nächste Aufgabe gestellt. Und nicht immer werden wir die Antwort im Netz finden. Glauben Sie, Sie können uns begleiten?«

»Auf keinen Fall!«, ertönte es hinter ihm. Niemand hatte bemerkt, dass die Krankenschwester das Zimmer betreten hatte. »Herr Kleinmann ist zu geschwächt, er kann nicht …«

»Das soll er selbst entscheiden«, befand Tomas. »Wenn er sein Kind retten will, sollte er mit uns kommen.«

»Ich hole den Doktor! Das ist unerhört!« Empört stampfte die Frau davon.

»Für meine Tochter mache ich alles!«, sagte ich.

Er nickte zufrieden. »Das weitere Vorgehen besprechen wir auf dem Revier.«

Es dauerte nur wenige Augenblicke, bis die Pflegefachkraft mit einem Arzt zurückkehrte.

»Was ist hier los?«, fragte der.

Tomas erklärte ihm die Situation. Der Mediziner wandte sich an mich: »Sind Sie sicher, dass Sie das wollen? Ihre Naht könnte reißen und …«

»Ich will das«, versicherte ich ihm.

»Dann können wir ihn nicht daran hindern«, meinte er und verlangte von der Krankenschwester: »Entfernen Sie die Zugänge aus seinen Armen und lösen Sie ihn von den Maschinen. Ich kümmere mich um die

130

Entlassungspapiere.« An mich richtete er die Worte: »Sie sollten sich genug Schmerzmittel zulegen.«

»Das schaffe ich schon«, behauptete ich. Gegen den Schmerz in meinem Herzen gab es ohnehin kein Mittel. Die Sorge um Ronja fraß mich auf. Die Schuld lastete schwer auf mir. Wegen mir war mein Kind in dieser Situation. Wegen mir war das Leben meiner Familie auf den Kopf gestellt worden. Mir schauderte, als ich daran dachte, was gewesen wäre, hätte Max mich getötet. Wer hätte dann mit Kuru gespielt und meine Kleine gerettet? *Reiß dich am Riemen! Hätte, Wenn und Aber. Kneif die Arschbacken zusammen und rette deine Tochter!*

Nach einer Viertelstunde standen wir vor dem Krankenhaus. Hanna begleitete mich zu ihrem Fahrzeug, Tomas fiel ein Stück zurück und telefonierte.

»Hinten rein«, bat sie und verfrachtete mich auf die Rückbank. Im Wagen von Kriminalpolizisten zu sitzen, hatte etwas Respektgebietendes und Angsteinflößendes zugleich.

»Das war Brian, wir sollen mit ihm zum Revier fahren«, sagte Tomas, als er sich auf den Fahrersitz setzte. Er wandte sich zu mir um, streckte mir die Hand hin. »Glaub mir, ich würde dir gern den Arsch aufreißen, Rob, aber für die Zeit, in der wir zusammenarbeiten, bin ich Tomas und das ist Hanna. Wenn wir deine Tochter gefunden haben, werde ich mein Möglichstes tun, um dich in den Knast oder in die Klapse zu stecken. Einverstanden?«

»Lieber kurzzeitigen Frieden als Dauerkrieg. Also ja, abgemacht.« Ich schüttelte seine Hand.

»Erzähl uns, seit wann du diese Neigung hast«, verlangte er, als er den Wagen auf die Straße lenkte.

131

»Seit ich denken kann. Ihr müsst mir glauben, ich wollte nie, dass wegen mir jemandem Leid geschieht. Ich bin kein gewalttätiger Mensch. Dass ich Max so zugerichtet habe ...«

»Das wissen wir«, sagte Hanna. »Wir haben das Video gesehen. Jeder hätte wie du gehandelt, nach dem, was er dir angetan hat.«

»Was ist mit deinem Onkel?«, hakte Tomas nach.

Ich verschluckte mich vor Schreck. »Was soll mit ihm sein? Er ist tot.«

»Und er war pädophil«, warf er ein. »Wir kennen die Akten. Aus deiner Kindheit gibt es Vermerke beim Jugendamt, denen nie nachgegangen wurde. Dazu ein Polizeibericht, dass du ihn tätlich angegriffen hast. Mit einer Lampe. Wie Max. Dass deinem Onkel ein Verfahren drohte, bevor er das Haus abfackelte, brauche ich dir wahrscheinlich nicht zu erzählen.«

»Gut recherchiert«, gab ich zu und sah keinen Sinn darin, es abzustreiten. Die Beamten wussten über mich Bescheid. Sie kannten meine Vergangenheit, hatten in meinen Onlineaktivitäten gewühlt. Also erzählte ich ihnen alles. Von Herberts Vergewaltigungen über die Strenge meiner Eltern bis hin zu meinem schwulen Bruder und meinen Wünschen, gegessen zu werden.

Als ich meine Erzählungen beendete, herrschte kurzes Schweigen.

»Das lässt uns deine Störungen ein bisschen besser verstehen«, gab Tomas zu. »Das entschuldigt dennoch nicht, dass du deine Familie durch die Scheiße in Gefahr gebracht hast. Du bist und bleibst ein egoistisches Arschloch.«

»Tomas ...«, sagte Hanna.

»Was denn?«

132

»Es reicht. Ich glaube, Rob hat verstanden, was du von ihm hältst. Wir brauchen ihn und er braucht uns. Also halte dich an deinen vorgeschlagenen Frieden und fahr einfach.«

Er murrte und schwieg dann.

»Wie viele Opfer gibt es?«, fragte ich.

»Mit deiner Tochter sind es aktuell mindestens neun. Fünf aktive und vier … tote.«

»Aktive heißt?«

»Dass die Spiele laufen. Die anderen Frauen hat er seit mehreren Tagen, Wochen und Monaten in seiner Gewalt. Wenn er ein Match für beendet erklärt, finden wir kurz darauf die Leiche.« Hanna sprach offen mit mir. Was ich ihr hoch anrechnete. Auch wenn es grausam war und meine Angst um Ronja in die oberste Stratosphäre katapultierte, wusste ich wenigstens, was mich erwartete.

»Wie viele Level gibt es?«

»Unterschiedlich. Bei einer der vier Toten ging es bis zum fünften. Bei einer der Aktiven sind wir aktuell beim zwanzigsten. Wir vermuten, dass es darauf ankommt, wie viel das Opfer aushält.«

»Was tut er ihnen an?«

»Willst du das wirklich wissen?«, versicherte sich Hanna nun doch.

»Ja«, sagte ich und schluckte schwer.

Tomas übernahm: »Ich habe dir erzählt, dass Kuru eine Art Schnitzeljagd veranstaltet. Das musst du wörtlich nehmen. Sobald wir das erste Rätsel falsch oder zu spät beantworten, verliert deine Tochter einen Körperteil. Daran bringt er dann die nächste Aufgabe an, meist in Form eines Zettels. Wenn wir es gefunden haben, startet er den Countdown.«

»Das ist … Ich finde keine Worte.«

133

Hanna stimmte mir zu: »Es ist grausam. Wir gehen davon aus, dass das Spiel vorbei ist, wenn er einem Opfer zu viel abgeschnitten hat und es an den Verletzungen verstirbt.«

»Das klingt so …«, setzte ich an.

»Als könnte man nicht gewinnen«, beendete Tomas meinen Satz. »Wir müssen ihn auf irgendeine andere Art stoppen.«

»Könnt ihr nicht sein Handy orten, mit dem er mit uns kommuniziert?«, fragte ich und kam mir sofort wie ein Esel vor, weil Hannas Antwort entsprechend ausfiel.

»Was meinst du, was wir seit Langem versuchen? Es ist unmöglich. Er hat eine undurchdringliche Mauer um sich gebaut, die unsere Techniker nicht durchbrechen können. Selbst Yvonne nicht, und das will was heißen.«

»Also haben wir im Grunde keine Chance, meine Tochter zu retten. Sie wird so oder so sterben«, schlussfolgerte ich. Jedes meiner Worte versetzte mir einen Stich ins Herz. Mit meiner Bauchwunde pochte es um die Wette.

»Es gibt immer einen Weg«, versicherte Hanna. »Und wenn es der ist, ihn so lange zu beschäftigen, bis wir ihn gefunden haben.« Sie wandte sich zu mir um. »Es ist besser, Ronja verletzt zu finden als tot, oder nicht?«

Ich nickte und senkte den Kopf. Vor ein paar Tagen war ich voller Euphorie gewesen, aufgeregt wie ein Kind über das größte Geschenk meines Lebens. Und was war passiert? Ich war in einem Albtraum gelandet, aus dem ich keinen Ausweg sah.

Wir fuhren auf einen Parkplatz und stiegen aus. Am Revier der Kripo war ich bisher nur vorbeigefahren. Als ich den beiden Beamten folgte, über die kahlen Flure schritt und mich wunderte, wie man sich nicht verlaufen

134

sollte, war ich froh, nie was mit der Polizei zu tun gehabt zu haben. Hinter den Mauern der Justiz fühlte man sich sofort wie ein Schwerverbrecher. Schuldig im Sinne der Anklage.

Und das war ich: schuldig. In den Augen aller. Selbst in meinen eigenen. Die Rechtfertigungen, die ich vor wenigen Tagen gehabt hatte, kamen mir absonderlich vor. Der Glaube, das Richtige zu tun, indem ich meinen Wünschen Gehör verlieh und dabei meine Familie ausblendete, war in mir nicht mehr vorhanden. An dessen Stelle war Abscheu getreten. Ich hasste mich. Warum war ich der Mann, der ich war? Warum konnte ich nicht so normal sein wie die anderen? Wie zum Beispiel Tomas. Warum kämpfte ich nicht für das Gute und hatte mich stattdessen von meinem Trieb ins Verderben reißen lassen? Das waren Fragen, auf die ich keine Antworten hatte und nie finden würde. Denn so war ich: sonderbar. Verdorben. Verrückt.

»Hier rein.« Tomas öffnete eine Tür und ließ Hanna und mich vorgehen.

Mir kam die Situation unwirklich vor.

Ein Mann lehnte an einem Tisch. Als er uns bemerkte, hob er den Arm zum Gruß. Eine Frau im Rollstuhl war bei ihm. Sie hatte einen kugelrunden Bauch – sie war hochschwanger.

»Das ist meine Angetraute, Diana«, stellte Tomas sie vor. »Und das ist der allerehrenwerte Brian Colwell. Nervensäge und Staatsanwalt von Beruf.«

»Vielen Dank für die Ehre«, meinte Brian lachend.

Ich begrüßte sie mit Handschlag. In Dianas Blick erkannte ich die gleiche Abneigung, die mir auch ihr Ehemann entgegenbrachte.

»Ihr wisst Bescheid?«, fragte Hanna.

135

Die beiden nickten.

»Gut, legen wir los.« Tomas breitete Dokumente auf dem Tisch aus, schaltete einen Laptop an, projizierte ein Bild an die Wand. Dann begannen dreißig Minuten, in denen ich kaum ein Wort verstand. Die Beamten warfen mit Orten und Namen um sich, die ich nicht kannte. Sie gingen Abläufe durch, nannten Daten und Uhrzeiten. Betrachteten Fotografien, die ich nicht ertragen konnte. Gliedmaßen, Fleischstücke, ganze Körper. Frauen, deren leblose Augen in den Himmel starrten.

Die Frage, ob es rechtens war, was hier geschah, verbot ich mir. Dass ein Zivilist wie ich sämtliche Fakten zu einem laufenden Kriminalfall zu hören bekam, stand so bestimmt nicht im Gesetz. Aber wer war ich, das Vorgehen der Staatsdiener zu kritisieren? Wenn sie gekonnt hätten, hätte mich jeder von ihnen auf der Stelle gelyncht.

Plötzlich ertönte ein unglaublicher Krach. Ich erkannte sofort das Lied, das ich mir hatte anhören sollen.

»Das soll Gesang sein?«, fragte Diana. »Man versteht kein Wort.«

»Ihr müsst euch den Text durchlesen«, gab ich ihnen den Tipp, den Kuru mir gegeben hatte.

»Schon dabei«, sagte Tomas. Kurz darauf erschien er an der Wand. »Das ist ja herzallerliebst«, schloss der Kommissar, nachdem er ihn sich durchgelesen hatte.

»Das passt wie die Faust aufs Auge«, meinte Diana. »Dazu die Nachricht an Rob, dass er sich seinen Appetitanreger holt, plus das Bild des Wohnhauses.« Sie musterte mich abfällig. »Kuru konnte nicht ahnen, dass Rob gerade anderweitig beschäftigt war.«

»Wie hat er meine Tochter entführt?«, fragte ich.

»Das wissen wir nicht«, gestand Brian. »Fest steht, dass sie sich mit Susi treffen wollte.«

136

»Ihre beste Freundin«, sagte ich.

»Genau«, bestätigte der Staatsanwalt. »Als Susi klingelte, ging Sabine nach Ronja sehen. Sie war nicht in ihrem Zimmer. Zur gleichen Zeit waren Kollegen vor Ort, weil du als vermisst galtest.«

Tomas fügte hinzu: »Kuru hat deine Tochter entführt, als Polizisten bei deiner Frau im Haus waren. Die Eier musst du erst mal haben.«

»Das zeigt, wie überzeugt er von sich ist«, schlussfolgerte Hanna. »Das sind mir die liebsten Psychopathen. Die machen irgendwann einen Fehler, weil sie glauben, ihnen kommt nie einer auf die Schliche. Und dann werden sie schlampig.«

»Kuru hat bisher keinen einzigen gemacht«, warf Brian ein.

»Wie lange macht er das schon?«, fragte ich.

»Mindestens ein halbes Jahr«, sagte Diana. »Es ist möglich, dass wir nicht sämtliche Fälle entdeckt haben. Es dauerte, bis wir den Zusammenhang verstanden. Nicht alle Entführungen wurden direkt uns gemeldet, sondern wurden von Revieren in anderen Städten bearbeitet.«

»Das erste uns bekannte Opfer ist noch in seiner Gewalt«, murrte Tomas. »Er foltert sie seit sechs Monaten. Ist das zu fassen?«

»Blüht das auch meiner Tochter?«, fragte ich.

Niemand sagte etwas. Das war Antwort genug. Vielleicht würde Ronja wegen mir sterben. Oder war ich derjenige, der an ihrem Schicksal etwas ändern konnte? Die Polizei bezog mich nicht umsonst mit ein.

Es klingelte. Es war mein Smartphone.

»Er ist es. So schnell?«, sagte Tomas und las vor: »Level zwei. Atemlos und ohne Atemnot, lebt es kalt, doch

137

wie der Tod. Trinkt, obwohl es Durst nicht spürt. Trägt einen Panzer, der nicht klirrt.« Er tippte auf dem Handy herum. »*Fuck*. Es ist kein Rätsel aus dem Netz. Hat jemand eine Idee?«

»Lies es noch einmal vor«, bat Diana.

Er wiederholte die Worte. Mein Gehirn schaltete ab. Ich war den Beamten in diesem Moment keine Hilfe.

»Wie viel Zeit haben wir?«, erkundigte sich Brian.

»Wieder eine Stunde«, sagte Tomas.

»Okay, notiert euch die Zeilen und lauft das Revier ab. Vielleicht kommt einer auf die Lösung.«

»Können wir nicht raten?«, fragte ich. Mein Kopf fühlte sich an wie Pudding.

»Wir haben einen einzigen Versuch«, verriet Hanna. »Entweder, wir liegen richtig oder nicht. Dann passiert das, was wir gesagt haben: Kuru wird deiner Tochter wehtun.«

Kapitel 17

Ronja presste sich wieder die Hände auf die Ohren. Nicht weil Sofia schrie, sondern weil sie Kurus Lachen nicht hören wollte.

»Bin gespannt, ob die das Rätsel knacken«, sagte er. »Das ist nicht so easy wie das erste.« Er wirkte plötzlich verschämt. »Ich muss zugeben, dass ich Level eins immer trivial gestalte. Dann denken sie, sie haben eine Chance. Zwischendrin bekommen sie noch ein leichtes, damit sie nicht den Glauben verlieren. Um ehrlich zu sein: Auf diesem Weg können sie nicht gewinnen. Sie sind zu dumm. Sehen nicht das, was vor ihren Augen liegt. Blind stolpern sie meinen Hinweisen nach, anstatt hinzusehen und das Richtige zu tun. Darauf kommen sie nicht. Sie sind getrieben von der Sorge um euch. Das lässt sie die Einfachheit nicht erkennen und irrational handeln. Lustig, oder?«

Ronja reagierte nicht. Sie schlang die Arme um die Beine und weinte. Ihr war kalt, sie hatte Durst und der Haferbrei bereitete ihr Bauchschmerzen.

»Es kommt auch auf dich an«, gestand er. »Bist du artig, spiele ich fair. Bist du ein böses Mädchen, betrüge ich. Was bist du?«, fragte er und setzte sich zu ihr. »Wirst du machen, was ich dir sage?«

Ronja nickte. Ihr Denken schaltete um auf den Überlebensmodus. Die Schule, das neu entdeckte Interesse an Jungs, ihr ganzes aufblühendes Leben war zu einer Rosine verdorrt. An diesem barbarischen Ort ohne Hoffnung existierte es nicht.

»Das werden wir gleich ausprobieren.« Er strich ihr über die Schulter, über den Arm, packte ihr Handgelenk, zog einen Schlüssel aus der Hosentasche und öffnete

139

ihre Handschellen. Die Ketten fielen von ihr ab. Es war, als wögen ihre Arme zehn Kilo weniger.

Verängstigt blieb sie auf dem Bett sitzen, während er den Raum verließ und kurz darauf mit einem Karton zurückkehrte. Er stellte ihn auf den Boden.

»Schau hinein«, forderte er. Als sie nicht reagierte, ermunterte er sie: »Denk dran, wenn du mitspielst, bleibe ich fair. Ansonsten mache ich es deinem Vater schwer. Es ist was Einfaches für den Anfang. Das solltest du schaffen.« Er lächelte sie an. Winkte sie herbei. »Komm, trau dich! Ich beiße nicht.« Er machte einen Schritt zurück, um ihr mehr Sicherheit zu geben.

Sie zitterte am ganzen Leib, als sie aufstand und auf die Pappschachtel zuging. Ihre Knie waren weich wie Pudding. Sie hatte Mühe, sich auf den Beinen zu halten.

Dann hörte sie ein Geräusch.

»Oh, er meldet sich. Mach schnell, er ist ungeduldig.«

Ronja streckte den Arm aus, öffnete den Karton. Der Kopf eines Welpen kam zum Vorschein. Er sah aus wie ein Beagle. Das Tier winselte, leckte ihre Finger.

»Tritt ihm gegen den Schädel.«

»Was?«, stieß sie aus. Der Hund schmiegte sich an sie.

»Ich hatte dich für klüger gehalten. Ich wiederhole es laut und deutlich für dich.« Er stülpte die Hände wie einen Trichter um den Mund und rief: »Tritt ihm gegen den Schädel! Oder von mir aus in den Bauch, dann dauert es halt länger und ist quälender für ihn, als wenn du ihm den Kopf zerdepperst. Wenn du ihn tötest, bleibt die Regel bestehen. Falls nicht, darf er weiterleben und ich spiele unfair. Du hast die Wahl.«

»Das ist ... Wahnsinn!«, brach es aus ihr heraus.

140

»Fällt dir das jetzt erst auf? Nichts in diesem Raum ist normal. Hier herrscht der Irrsinn in jedem Winkel. Wie entscheidest du dich? Deine Zeit läuft.«

Ronjas Blick schnellte von Kuru zum Tier und wieder zurück.

»Du oder er? Was wählst du?«, fragte er.

Ronja wusste weder ein noch aus. Sie war zu keinem klaren Gedanken fähig. Sie strich dem Welpen über den Kopf, stand auf, hob den Fuß.

»Sie tut es!«, feierte Kuru und klatschte.

Der Beagle schaute sie aus schwarzen Knopfaugen an. Immer hatte sie einen Hund haben wollen. Mama hatte eine Tierhaarallergie und es war nie mehr als Fische oder ein Vogel drin gewesen. Ihr Plan war seit jeher, sich einen Hund zuzulegen, sobald sie ihre eigene Wohnung hatte.

Sie ließ das Bein sinken.

»Ich … kann es nicht«, flüsterte sie.

»Bist du dir sicher? Ich glaube, dein Babyhirn hat nicht verstanden, worum es geht.«

»Doch, das hat es«, behauptete sie und schaute zu seinen anderen Gefangenen.

»Du wirst noch lernen«, versicherte er. »Das tut ihr irgendwann alle.« Er breitete resigniert die Arme aus. »Deine Entscheidung. Der Hund lebt und ich ändere die Regeln.« Kuru kettete Ronja fest und hob den Karton an. »Bis später. Mach dich auf was gefasst.« Dann verließ er den Raum.

Eine der Frauen sagte: »Du hättest das Vieh töten sollen.«

Kapitel 18

»Weiß niemand die Scheißantwort?«, fluchte Tomas.

In mir zog sich alles zusammen. Es waren fünfzehn Minuten vergangen und keiner hatte den Hauch einer Ahnung.

»Haben die Techniker nichts im Netz gefunden?«, fragte Hanna.

»Nein, nichts«, sagte Brian.

Dann rief Diana: »Gunar ist am Telefon. Es ist ein Notruf eingegangen. Er ist auf dem Weg dorthin. Ich stelle ihn auf laut.«

Die Stimme eines Mannes erklang: »Eine Frau alarmierte die Polizei. Sie hat einen herumstreunenden Welpen vor ihrem Haus gesehen. Am Fell klebte Blut, doch nicht seines. Er hatte einen Zettel in einer Tüte um den Hals. Sie konnte ihn am Halsband packen. Ich bin in ein paar Minuten da.«

»Ist es eine Nachricht von ihm?«, warf Hanna in den Raum.

»Das würde zu seinem Muster passen«, sagte Tomas.

Ich verstand wieder wenig von dem, was sie da plapperten. Erst als der Beamte am Telefon verkündete: »Ich bin da. Auf dem Wisch steht: *Sie hat es nicht getan.* Ein Ohrring liegt bei. Ich schicke euch ein Foto.«

Tomas' Smartphone vermeldete eine eingegangene Mitteilung, er kam zu mir und zeigte es mir. »Kennst du den?«

Ich erkannte sofort, dass er meiner Tochter gehörte. »Er ist von Ronja! Den habe ich ihr erst vor Kurzem geschenkt. Was bedeutet das?«

»Nichts Gutes«, befürchtete Diana.

Im gleichen Moment klingelte mein Handy.

143

»Es ist Kuru«, sagte Tomas. »Dieser Wichser ändert wieder die Regeln. Wir haben noch fünf Minuten für das Rätsel.«

»Wie konnte er wissen, dass wir den Hund finden?«, fragte ich in meiner Panik.

»Weil er alles weiß«, murrte Hanna. »Er hat Zugriff auf den Notruf. Wir haben noch nicht herausgefunden, wie er das macht. Unsere Techniker sind dran.«

»Scheiß auf das Wie! Löst das Rätsel«, erinnerte uns Tomas. »Sonst …«

Er führte es nicht weiter aus – ich wusste, was das bedeutete. Verzweifelt schlug ich mir gegen den Kopf, suchte nach einer Lösung.

Ich fand keine. Ebenso wenig wie die anderen. Unter Druck funktionierte niemand von uns.

»Ich hasse diesen Kerl!«, fluchte der Staatsanwalt Brian und trat gegen einen Mülleimer.

»Gib wenigstens irgendetwas ein«, forderte Diana. »Raten ist besser, als nichts zu tun.«

»Vielleicht ein Vampir?«, warf ich ein. Das passte nicht zu jedem Satz des Rätsels, aber zu einigen. Murmelnd wiederholte ich: »Atemlos und ohne Atemnot, lebt es kalt, doch wie der Tod. Trinkt, obwohl es Durst nicht spürt. Trägt einen Panzer, der nicht klirrt.«

Diana sagte: »Vampir ist nicht schlecht. Nur das mit dem Panzer macht keinen Sinn.«

»Noch eine Minute«, erinnerte uns Tomas.

»Versuch es«, meinte Hanna. »Was haben wir für eine Wahl?« Ob sie es unbewusst oder wissentlich tat: Sie drückte ihre Daumen so fest, dass ihre Fingerknöchel weiß wurden.

Tomas fragte: »Sicher?«

144

Natürlich nicht, du Idiot!, lag es mir auf der Zunge. Niemand von uns war das. Ich am allerwenigsten. Das, was ich die letzten Tage durchgestanden hatte, plus die Angst um meine Tochter, hatten mein Gehirn in einen Pudding verwandelt, der nichts zustande brachte.

Der Kommissar tippte unsere Antwort ein. Gebannt starrte er auf das Smartphone. Als es klingelte, fuhr ich vor Schreck zusammen.

»Falsch«, hauchte Tomas und bedeckte mit der Hand seine Augen. Hanna legte sich eine auf den Mund. Sie wirkten wie die Affen, die nichts sehen und nichts sagen wollten. Und ich? Ich wollte nichts hören. Keine Stimmen. Keine Worte, die verkündeten, dass Ronja einen Körperteil oder gleich ihr Leben verlieren könnte. Meine Sicherungen brannten durch. Von einem Weinkrampf geschüttelt ließ ich mich auf den Boden sinken. Den Schmerz an meinem Bauch und am Rest meines Körpers vergaß ich. Nur die Qualen, die meine Tochter ereilen würden, spukten in meinem Kopf herum.

Ich schrie den Schmerz hinaus. Den über mich, über meine Dummheit, meine Blauäugigkeit und den darüber, dass ich Ronja vielleicht nie wiedersehen würde.

»Jetzt dreht er durch«, sagte Tomas.

»Das würdest du auch, wenn es um unser Kind ginge«, mahnte seine Frau Diana ihn.

Ich legte mich auf den Rücken, starrte die weiße Decke an, während ich brüllte und tobte. Wie ein Junge, der das Wunschgeschenk nicht bekommen hatte, lag ich da und heulte mir die Seele aus dem Leib. Wurde mein innerer Druck dadurch besser? Verblasste die Furcht vor dem, was geschehen würde?

Nö. Kein bisschen.

»Beruhige dich«, sagte Hanna, kniete sich neben mich und legte mir eine Hand auf die Brust. »Langsam ein- und ausatmen.«

Ihre sanfte Berührung tat ihre Wirkung. Ich kam runter. Atmete mit ihr ein und aus, wie sie es mir vormachte.

»Wir finden deine Tochter«, versicherte Tomas. »Komme, was wolle.«

Ich glaubte ihm. In seinen Worten schwang die pure Ehrlichkeit mit. Er selbst war überzeugt davon, jetzt musste auch ich daran glauben.

Ich setzte mich auf. Hanna reichte mir ein Taschentuch, mit dem ich mir den Rotz von der Nase wischte.

»Kann ich mit meiner Frau sprechen?«, fragte ich.

»Ich weiß nicht, ob das eine gute Idee ist …«, deutete Brian an.

»Lasst mich sie wenigstens anrufen. Ich möchte ihr sagen, dass es mir leidtut, dass ich … das nicht wollte. Bitte, gebt mir mein Handy«, bat ich.

»Das brauchen wir, um mit Kuru in Kontakt zu bleiben«, schlug Tomas mein Ersuchen aus. Er beugte sich zur Seite, öffnete eine Schublade, nahm etwas heraus und warf es mir zu. Es war ein Smartphone.

»Das ist mein altes Diensthandy. Du kannst es benutzen, bis wir deines freigeben. Solange es Gegenstand einer laufenden Ermittlung ist …«

»Schon verstanden«, sagte ich und fügte schief lächelnd hinzu: »Vielleicht ist es nicht schlecht, dass sie meine Nummer nicht sieht. Ich bin kurz vor der Tür.«

»Warte, ich begleite dich«, vermeldete Hanna. »Sonst verläufst du dich.«

»Danke«, meinte ich.

Wir gingen nach draußen. Ein paar Beamte in Uniform standen beisammen und rauchten. Zwar hatte ich

146

in meinem Leben nur einmal an einer Zigarette gezogen, aber jetzt verlangte es mich plötzlich danach. Ich schnorrte mir eine samt Feuer, zog am Filter und erlag einem Hustenanfall.

»Ein Raucher bist du nicht, oder?«, fragte Hanna lächelnd.

»Nein, aber irgendwie …«

»Du brauchst mir das nicht erklären. Ich bin ein Frustfresser. Immer, wenn der Stress zu viel wird, greife ich zur Schokolade. Das ist vergleichbar, denke ich.« Sie zwinkerte mir zu. »Ruf deine Frau an. Ich warte an der Tür auf dich.«

Dankbar nickte ich ihr zu und wählte die Nummer. Es klingelte kurz, dann ging sie ran.

»Wer ist da?«, fragte sie.

Ihre Stimme klang besorgt und ängstlich. Wie mir Hanna bei unserem Weg nach draußen gesagt hatte, waren Beamte bei ihr, die sie seelisch unterstützten und sie beschützten, da niemand wusste, was Kuru noch anstellen würde.

»Ich bins«, sagte ich. »Leg nicht auf!«

»Nenn mir einen Grund, warum ich das nicht tun sollte!«

»Weil ich euch liebe. Das habe ich immer getan und das werde ich immer tun.«

»Was hätte das Ronja und mir gebracht, wenn du tot gewesen wärst?«, giftete sie mich an.

»Lass mich das in Ruhe erklären. Bitte. Aber erst müssen wir sie finden.«

»Wie willst du das anstellen? Die Polizei hat mir nicht alles gesagt, aber das bisschen hat gereicht. Die wissen nicht, wer unsere Tochter hat. Die wissen nicht einmal, wo sie anfangen sollen zu suchen!«

»Das weiß ich doch auch nicht!«, gab ich zu. »Aber ich gebe nicht auf, bis wir unser Kind zurückhaben. Es ist meine Schuld, dass sie weg ist, also werde ich alles dafür tun, sie zurückzuholen. Und wenn es mich das Leben kostet!«

»Das ist dir sowieso nicht viel wert«, sagte Bine. »Ruf mich nicht mehr an.« Sie legte auf.

Mit Tränen in den Augen schaute ich auf das Handy, dann zu Hanna. Die Kippe, an der ich einmal gezogen hatte, war ausgegangen. Ich warf sie in den Aschenbecher und ging zur Kommissarin.

»Lief nicht gut?«, fragte sie.

Ich schüttelte den Kopf.

»Das renkt sich wieder ein«, sagte sie aufmunternd, klopfte mir auf den Rücken und hielt mir die Tür auf.

»Das bezweifle ich. Bine wird mir das nie verzeihen. Das war mir immer klar. Deswegen versteckte ich meine Gedanken vor ihr. Um sie nicht zu verunsichern. Und ich wollte nicht ihren anklagenden Blick sehen, wenn ihr Mann ihr erzählt, dass er im Grunde nur lebt, weil er sterben will. Die Tatsache, wie ich dahinscheiden wollte, hätte ihr den Rest gegeben.«

Hanna schwieg. Was sollte sie auch sagen? Sie war eine Polizistin, die Leuten wie mir gegenüber kritisch eingestellt waren. Mit jemandem wie mir zusammenzuarbeiten war für sie und ihre Kollegen wahrscheinlich nicht alltäglich. Aber sie hatten keine Wahl. Das sagten sie jedenfalls. Warum ich ihnen bei den Ermittlungen helfen sollte, für die sie geschult waren und ich nicht, erschloss sich mir nicht.

Ich fragte Hanna.

Ihre Antwort war: »Warte die nächsten Level ab.«

Das ließ mich schlucken.

148

Wir gingen zurück ins Büro. In dem Moment klingelte mein Handy.

Tomas las vor: »Die Lösung wäre Fisch gewesen.«

»Das passt genauso gut oder schlecht wie der Vampir«, schimpfte Diana und schlug auf den Tisch.

»Was nun?«, fragte ich.

»Uns bleibt nichts anderes übrig, als zu warten«, sagte Tomas betrübt.

»Auf eine weitere Nachricht?«

Hanna senkte den Kopf und flüsterte: »Ja, daran wird etwas von deiner Tochter befestigt sein.«

Kapitel 19

»Ich konnte den Hund nicht töten!«, schrie Ronja die Frau an. »Und was hätte das geändert?« Sie legte die Hände aufs Gesicht und weinte.

Sofia, die mit dem abgeschnittenen Ohr, beteuerte: »Dann hätte dein Vater mehr Zeit gehabt, das Rätsel zu lösen.«

»Ich konnte es nicht. Konnte nicht. Konnte nicht!« Ronja schluchzte, warf sich auf die Matratze und brüllte ins verdreckte Kissen. Das Quietschen der Tür und das Knarzen der Gummistiefel ließen sie verstummen. Er war zurückgekehrt.

»Noch eine Minute«, informierte Kuru sie.

Für was?, schrien ihre Gedanken. Aus Angst hielt sie den Mund.

Die Zeit verging. Niemand sprach. Sie vernahm nur ihr eigenes Atmen und das Stöhnen der Verletzten.

»Und da ist die Antwort!«, jubelte er. »Sie ist falsch. Deppen!« Ronja hörte seine Schuhe. Sie kamen nicht auf sie zu, sondern entfernten sich. Sachte hob sie den Kopf, linste nach hinten über die Schulter hinweg.

Kuru stand vor der Schwarzhaarigen, die an einem Stuhl festgekettet war, wandte sich zu Ronja um und verriet: »Die sieht zwar aus wie ein Weib, ist aber ein Kerl. Taylor heißt er. War kurz vor seiner Geschlechtsangleichung. Ich muss sagen, die Schönheitschirurgen haben eine ansehnliche Frau aus ihm gemacht. Bis auf ein Detail. Glaubst du mir nicht?«

Ronja antwortete nicht, konnte sich vor Angst nicht rühren.

»Hier, schau«, sagte er und riss lachend den Rock hoch. Darunter war der Gefangene nackt. Kuru deutete auf

151

den Penis. »Siehst du, da baumelt das gute Stück. Um das wird es gleich gehen. Wartet ab!« Kichernd ging er aus dem Raum.

Taylor hatte den Kopf gesenkt, kahle Stellen lichteten das prachtvolle Haar. Wunden, die bis zur Schädeldecke reichten, waren zu sehen. Er musste viel erlitten haben; sie sah Verletzungen überall an seinem Körper.

Kuru schob den Tisch herein, positionierte ihn neben seinem Opfer.

»Wir haben lange nicht miteinander gespielt. Deine Schwester vermisst mich bestimmt. Ich schicke ihr am besten einen Auftrag.« Der Wahnsinnige schwieg, tippte etwas ein, dann: »Sie hat eine Stunde. Du kennst mich. Ich ändere gern die Regeln. Aber nur, falls du nicht mitspielst. Hier kommt deine Aufgabe. Erfüllst du sie nicht, ziehe ich deinem Schwesterherz Zeit ab. Bist du bereit?«

Taylor nickte.

Ronja rechnete damit, dass er den Hund wieder reinholen würde.

Aber er sagte etwas, wovon ihr angst und bange wurde.

»Wenn du deinen Schwanz nicht verlieren willst, musst du was für mich tun. Ansonsten hack ich ihn ab.« Kuru deutete auf Ronja. »Schneid ihr die Finger der linken Hand ab. Dann darfst du dein Prachtstück behalten. Ich bin gespannt auf deine Antwort. Eigentlich wolltest du ihn ja eh loswerden. Das wäre deine Chance!« Lachend klatschte er.

Taylors Kopf hob sich. Sein Blick wanderte zu Ronja. Ein paar Sekunden schauten sie einander wortlos an. Dann sagte er: »Tut mir leid, Kleine, ich bin nicht so bekloppt wie du.« Er nickte ihrem Peiniger zu. »Ich tue es.«

»Prima!« Kuru schob den Tisch zu Ronja, stellte sich vor sie, stützte sich auf ihren Beinen ab, sodass er gebeugt dastand und auf Augenhöhe mit ihr war. »Für dich hätte sich nichts geändert. Nur damit du es weißt. Dein Vater hat das Level nicht geschafft, also verlierst du etwas. Hätte Taylor sich geweigert, hätte ich dir die Finger und ihm danach den Schwanz abgeschnitten.«

Ronja blinzelte ihn an. Sie sah, dass sich sein Mund bewegte. Sie hörte die Worte, die er aussprach, aber sie begriff sie nicht. Oder wollte sie sie einfach nicht wahrhaben?

»So einen stillen Gast wie dich hatte ich noch nicht«, sagte Kuru und strich ihr über den Kopf. »Das liegt bestimmt an deinem Alter. Ich hatte nie jemand so junges wie dich. Aber scheiße, die Gelegenheit war zu verlockend. Da dein Papi vieles ausgeplaudert hat über sich und deine Familie, konnte ich nicht widerstehen. Dann war auch noch das Lied so passend. Ich liebe es, wenn sich alles ineinanderfügt!«

»Was … für ein Lied?«, fragte sie.

»Kümmere dich nicht darum. Du hast gleich andere Sorgen.« Kuru winkte ab, ging zu Taylor, schloss seine Handschellen auf, zog eine Pistole und zielte auf ihn. »Du weißt, was passiert, wenn du was versuchst, nicht wahr? Du warst schließlich dabei, als ich der fetten Kuh das Gehirn rausgeblasen hab, weil sie mich angriff. Ein falscher Schritt und du verlierst nicht nur deinen Schwanz, hast du mich verstanden?«

Der Geschundene nickte und rieb sich die Handgelenke. Die Fesselung hatte ihre Spuren hinterlassen. Das Eisen hatte tiefe Furchen in das Fleisch gegraben.

»Das Werkzeug darfst du wählen«, sagte Kuru und folgte Taylor auf Schritt und Tritt.

Der stand neben dem Rolltisch, betastete das, was darauf lag. Ronja sah Messer, Zangen, Feilen, Sägen,

153

Feuerzeuge, Gasbrenner, Beile – ein wahres Sammelsurium des Schmerzes.

»Womit geht es …?«, setzte Taylor an.

»Am langsamsten? Damit sie sich quält? Da empfehle ich dir die Nagelschere. Oder nimm ein Feuerzeug, brenn das Fleisch weg und breche die Knochen durch. Das wäre auch eine Möglichkeit. Spektakulär wäre die Feile. Schleif ihr das Gewebe weg und danach die Kn…«

»Am schnellsten!«, unterbrach Taylor ihn. »Was geht am schnellsten?«

»Du bist langweilig. Schnapp dir das Beil, wenn du ihr einen Gefallen tun willst. Dann musst du gut zielen, sonst hackst du ihr im schlimmsten Fall die Hand ab. Und sie muss mitspielen und sie flach auf den Boden legen. Ich bezweifle, dass sie das tun wird. Oder, Ronja? Spielst du mit?«

Ungläubig starrte sie von einem Mann zum anderen.

Das kann nicht sein Ernst sein! Das muss ein Joke, eine Verarsche sein!

Vielleicht war das ein Schauspiel und jemand aus ihrer Klasse hatte das ausgeheckt. Wurde sie *geprankt*, wie die Jungs aus ihrer Stufe das nannten?

»Und wieder verstummt«, sagte Kuru und wandte sich an Taylor. »Nimm die Gartenschere. Die ist groß genug, damit ihre Fingerchen da reinpassen. Da kann sie zappeln, wie sie will. Ein starker Mann, ich meine, eine starke Frau wie du wird ja wohl den Arm eines schmächtigen Mädchens festhalten können. Du hast fünf Minuten, um deine Aufgabe zu erledigen. Schaffst du es nicht, ihr die vier Finger und den Daumen abzuschneiden, ist dein Schwanz dran, kapiert?«

»Du änderst wieder die Regeln!«, murrte Taylor. »Von einer Zeitvorgabe hast du nichts erwähnt.«

154

»Höre ich da Widerworte?« Kuru presste ihm die Pistole an den Kopf. »Ich kann sie ändern, so oft ich will. Das ist mein Spiel. Ich bin der Boss. Bist selbst schuld, dass du so ein Weichei bist. Du wolltest doch, dass es schnell geht. Und jetzt mach, was ich von dir verlange!«

Taylor zuckte zusammen, nahm die Gartenschere vom Tisch. Sie sah der ähnlich, mit der Mama die Rosen schnitt. Ihr Gesicht kam Ronja in den Sinn.

Mama! Mama! Mama!

»Es tut mir leid«, flüsterte Taylor und packte ihren linken Arm. Er setzte sich vor sie, presste sich ihren Arm unter den eigenen und fixierte ihn.

Ronja saß hinter ihm, hatte seinen Rücken vor Augen. Sie schlug mit ihrer zierlichen Faust dagegen. Der Mann rührte sich kaum. Sie versuchte ihn zu treten, aber er saß zu dicht bei ihr.

»Bitte nicht«, wimmerte sie. »Tu das nicht!«

Er tat es. Ein ziehender Schmerz durchfuhr ihre Hand.

»Das war Nummer eins«, kommentierte Kuru.

Sie wusste nicht einmal, welcher es gewesen war. Alles brannte. Die Haut, das Fleisch, die Knochen. Ein Zittern ging durch ihren Arm, erfasste ihren Körper. Ihr Blick konnte keinen Punkt fixieren, er schnellte hin und her. Die Zeit raste an ihr vorbei. In ihr drin stand alles still. Ronja fühlte die Qualen intensiv und in ihrer Vollkommenheit.

Sie spürte Metall an ihrer Hand, etwas riss daran.

»Hoppla, der Daumen ist widerspenstig«, sagte Kuru lachend. »Schneid schneller und drück fester, dann quält sich die Kleine nicht so. Und schon plumpst er auf den Boden! Das war Nummer zwei. Du hast noch drei Minuten. Du solltest dich ranhalten.«

Innerhalb der folgenden Sekunden verlor Ronja nicht nur den nächsten Finger, sondern auch das Bewusstsein.

Kapitel 20

»Wir können nicht einfach herumsitzen und abwarten, während der Verrückte meiner Tochter nach und nach ihre Körperteile abschneidet!«, fluchte ich und stampfte auf Tomas zu. »Gib mir mein Handy, ich schreibe Kuru. Vielleicht lässt er mit sich reden.«

Er sprang vom Stuhl auf, wich ein Stück zurück. »Tu nichts, was du später bereust. Das haben wir längst versucht. Die Angehörigen der Opfer haben ihn angefleht, sie gehen zu lassen. Als Antwort kam ein unlösbares Rätsel. Setz dich hin und warte, bis wir dich brauchen. Es kann sein, dass er spezielle Fragen zu Ronja beantwortet haben will, die nur du wissen kannst, also reiß dich zusammen und vertrau uns!«

»Das fällt mir leider schwer, weil ihr denkt, ich wäre genauso pervers wie Kuru!«, sprach ich das aus, was ich in ihren Gesichtern las. »Das bin ich nicht, zum allerletzten Mal. Mir gefällt es nicht, wenn es anderen schlecht geht. Meine Neigung spielt sich nur in meinem Kopf ab. Dass ihr das abnormal findet, ist mir klar. Das verstehe ich. Schiebt das bitte zur Seite. Es geht um meine Tochter. Ich habe das begriffen. Es dreht sich nicht mehr um mich. Mein Drang steht hinten an. Also blendet auch ihr das aus.«

Niemand sagte etwas. Ich ging recht in meiner Annahme, dass sie mich verachteten. Bei Tomas, der es laut ausgesprochen hatte, wusste ich das.

»Uns ist bewusst, dass es nicht um dich geht«, knurrte er. »Können wir die verletzten Egos und Streitereien beerdigen und unsere Sinne schärfen?«

»Mein Reden«, gab ich murrend zurück.

»Jetzt, wo wir das geklärt haben, was ...« Tomas wurde unterbrochen, weil ein Beamter ohne anzuklopfen in den Raum stürmte.

»Was ist los?«, fragte Diana.

»Kuru hat sich das erste Mal seit Monaten bei Taylors Schwester gemeldet. Ich dachte, das würde euch interessieren.«

»Was ist die Aufgabe?«, wollte Tomas wissen.

»Sie soll ein Foto von sich und Brad Pitt machen.«

»Also eine unmögliche«, sagte Brian. »Egal, ob er die Lösungszeit verkürzt oder nicht, Taylor wird etwas verlieren.«

Der dazugekommene Beamte nickte.

»Wieso jetzt?«, meinte Tomas.

»Hat das was mit meiner Tochter zu tun?«, warf ich ein.

»Möglich«, fügte Hanna an. »Wir haben lange nichts von Taylor gehört und dachten, er wäre tot und wir würden irgendwann seine Leiche entdecken.«

»Hilft uns das, Ronja zu finden?«, fragte ich hoffnungsvoll.

»Nein, kein Stück«, gab Tomas zu.

Was war grandios an der Neuigkeit, dass Kuru mit jemand anderem weiterspielte, wenn es nicht half, Ronja zu finden? Mir war dieser Taylor scheißegal und ob er lebte oder starb, interessierte mich nicht.

Es vergingen Stunden, in denen nichts geschah. Die Kripo-Beamten telefonierten, saßen an ihren Computern, besprachen sich, machten ein Nickerchen. Mir blieb nichts anderes übrig, als ihnen zuzuschauen. Ich durfte nicht nach Hause gehen, sondern musste bei ihnen bleiben. In der Anfangsphase war es laut ihnen am wahrscheinlichsten, dass wir einen Hinweis auf Kuru

158

oder Ronjas Verbleib fanden, weil dann die Aufgabendichte am höchsten war.

Ganz ehrlich?

Ich verlor die Hoffnung.

Aus ihren Gesprächen hörte ich heraus, dass sie bei jedem der Entführten auf der Stelle traten. Sie wussten nicht, wer Kuru war und wo er die Opfer gefangen hielt. Sie wussten gelinde gesagt einen Scheiß.

Ich zermarterte mir den Kopf. Was konnte ich in diesem Spiel tun? Nicht viel. Ich war ein Statist, der parat stehen musste, falls er irgendwann gebraucht wurde.

Hannas Handy klingelte. »Es ist wieder Gunar.« Ihr Blick ging besorgt zu ihren Kollegen. »Ich stell dich auf Lautsprecher.«

Der Kommissar schallte blechern aus dem Gerät: »Es ist etwas aufgetaucht. Er hat sich extra Mühe gegeben. Es ist ... abartig.«

»Ist es meine Tochter?«, schrie ich verzweifelt. »Ist es Ronja?«

»Ruhe!«, forderte Diana.

»Ja und nein«, blieb Gunar vage. »Bringt den Vater des Mädchens mit. Kuru hat uns eine Nachricht dagelassen. Wenn ihr ohne Kleinmann auftaucht, tötet er Ronja.«

»Ich hasse das«, fluchte Hanna und nahm sich ihre Jacke. »Als müssten die Angehörigen nicht schon genug leiden.«

Die anderen Beamten machten sich aufbruchbereit.

»Was passiert jetzt?«, fragte ich.

»Du begleitest uns zu einem Tatort«, sagte Tomas. »Es tut mir leid.«

***

159

Tomas' Aussage hallte während der Fahrt nach. Das Wort ›Tatort‹ wirkte fremd. Selbstverständlich hatte ich es bereits gehört, brachte es aber eher mit Fernsehkrimis und den Thrillern, die Bine gern las, in Verbindung.

Bine …

Die Frau, die ich liebte und die dazu beigetragen hatte, dass ich ein halbwegs normales Leben führen konnte. Wahrscheinlich wünschte sie sich längst, sie hätte mich nie kennengelernt. Ihre Wut auf mich war verständlich. Nachvollziehbar. Ich trug diese Last zu Recht. Wenn diese Geschichte gut ausging, würde ich alles tun, damit sie mir verzieh.

Und dann?

Sollen wir einfach weitermachen wie zuvor?

Als wäre nichts geschehen?

Als gäbe es da nicht diesen Wunsch in dir?

Betrübt seufzte ich. Mein Innerstes hatte recht. Was machte ich mir vor? Unsere Ehe war vorbei. Für immer. Selbst wenn sie meine Entschuldigung annahm, war eine Rückkehr in die Normalität ausgeschlossen. Punkt. Keine Diskussionen. Sich vorzumachen, Bine würde irgendwann mein wahres Ich akzeptieren und damit leben können, dass ihr Ehemann sich wieder jemanden für seine Spielchen suchen würde, entbehrte jeglicher Grundlage. Es wäre idiotisch, sich Hoffnungen zu machen.

»Wir sind gleich da«, sagte Hanna.

Mehrere Streifenwagen blockierten die Zufahrt zu einem Friedhof. Sanitäter und ein Leichenwagen waren vor Ort. Spurensicherung, Polizeifotografen, das volle Programm. Und doch schien nur einer wichtig zu sein: ich.

160

Behutsam führten Tomas und Hanna mich zu einem Wagen, baten mich, mir Schutzkleidung überzuziehen, und manövrierten mich an den übrigen Beteiligten vorbei.

Waren sie zuvor nie davor zurückgeschreckt, mir ihre Abneigung zu zeigen, fassten sie mich nun mit Samthandschuhen an.

Sie sagten Dinge zu mir wie »Wir sind für dich da.« oder: »Du packst das!«

Das jagte mir noch mehr Angst ein. Dass Kuru mich hier haben wollte, hatte ich verstanden, auch, dass ich dazu beitragen sollte, ein Rätsel zu lösen, war mir bewusst. Dennoch bereitete mich nichts auf das vor, was vor einem Grabstein aufgebahrt auf mich wartete.

Hanna hielt eine Tüte bereit. Nach dem Aussteigen hatte ich mich über sie gewundert, nun riss ich sie ihr aus der Hand und kotzte hinein. Die Kommissarin tätschelte aufmunternd meinen Rücken. »Es ist nicht leicht, das wissen wir.«

Deine Worte kannst du dir getrost in die Haare schmieren! Es ist nicht leicht? Lachhaft! Es ist verdammt noch mal das Schlimmste, was ich je in meinem Leben gesehen habe!

»Sind es ihre?«, fragte Tomas.

Ich betrachtete den abblätternden Nagellack. Ronja hatte ihn sich zusammen mit Bine vor ein paar Tagen aufgetragen. Beide hatten Kakao getrunken, über Jungs gequatscht und gekichert wie Teenager. Sie hatten sich einen gemütlichen Mädelsabend gemacht. Die Farbe des Lacks war mir deshalb im Gedächtnis geblieben, weil ich mir im Geheimen gedacht hatte, dass Gelb nicht die geeignetste Wahl war, weil es die Nägel nikotinvergilbt wirken ließ. Dazu hatte Bine ihr mit einem schmalen Pinsel fantasievolle Ornamente draufgemalt. Die Überreste

161

dieser Laienkunst sah ich auf den Nägeln meiner Tochter, nur befanden sich ihre Finger nicht mehr an ihrer Hand, sondern ruhten auf einem Silbertablett in ihrem Blut. Sie lagen nicht einfach da. Als würden sie durch Muskelstränge, die ins Nichts führten, geknickt, waren sie um einen amputierten Penis gekrümmt. Unter beidem lag blutgetränktes Konfetti und ein Zettel.

»Wie er verlangt, hat niemand einen Blick darauf geworfen«, sagte ein Beamter.

Die offensichtliche Nachricht Kurus war mir nicht entgangen. Mit weißer Farbe hatte er den Grabstein einer Henriette Metzger, geboren 1912, gestorben 2001, beschmiert. Der Hohn seiner Wahl des Steines blieb mir nicht verborgen. Darauf stand: ›Holt Rob Kleinmann. Nur er darf die Mitteilung lesen. Wenn einer die Finger anrührt, bevor er da ist oder jemand anderes den Zettel liest, stirbt Ronja.‹

»Wir haben uns daran gehalten«, murrte Tomas. »Hab keine Angst«, beruhigte er mich. »Meist sind die Aufgaben auf den Zetteln nicht besonders schwer.«

»Keine Angst?«, brüllte ich und packte ihn am Kragen. »Da liegen die Finger meiner Tochter, du Arsch! Sag mir nicht, wann ich Angst haben soll und wann nicht!«

Niemand hielt mich auf. Jeder starrte mich an und alle warteten, bis mein Wutanfall vorbei war.

Die Bestatter und die Spurensicherung machten sich daran, die Körperteile zu sichern, um mir Zugang zum Zettel zu gewährleisten.

»Woher will er wissen, dass nur ich ihn lese?«, fragte ich, als ich mich wieder beruhigt hatte.

Hanna deutete zu den Seiten. »Kuru wählt nie grundlos einen Ort. Er achtet darauf, dass Kameras da sind, die er hacken kann.«

162

»Und wenn ihr sie abschaltet?«

»Dann stirbt deine Tochter.«

Auf der Suche nach der Erfüllung meines Traums hatte ich einen Wahnsinnigen gefunden. *Herzlichen Glückwunsch, Rob, du hast es versaut.*

Als die Nachricht an mich frei gelegt war, zog ich mir Handschuhe über und griff mit zitternden Fingern danach. Blut hatte das Papier durchtränkt. Fetzen dicklichen Gewebes klebten daran. Würgend stellte ich mich ein Stück von den anderen entfernt hin, damit niemand einen Blick darauf warf, und faltete den Brief auseinander. Die ganze Seite war beschrieben.

Lieber Rob,

na? Hast du unsere Kommunikation genauso vermisst wie ich? Schon klar, dass die Bullen dir sofort das Handy abgenommen haben. Sie mischen sich immer ein. Dabei wäre das Spiel fairer, wenn sie sich raushalten würden. Dann würde ich die Rätsel leichter machen. Das wissen sie, und die Angehörigen wissen es auch. Dennoch halten sie sich nicht an meine Vorschläge. Ich stupse sie mit der Nase darauf, wie sie gewinnen können, gebe ihnen Tipps und trotzdem rennen sie wie kopflose Hühner gegen einen Baum. Es ist nicht meine Schuld, wenn eure Liebsten Körperteile verlieren.

Soll ich dir sagen, was passieren wird? Sobald sie glauben, ich bekomme es nicht mit, nehmen sie dir den Brief ab und lesen ihn. Wetten? Das Risiko solltest du nicht eingehen. Falls sie das tun, wird die nächste Aufgabe nicht nur schwerer, sondern das Stück, das Ronja verliert, umso größer.

Bestimmt haben dir die Bullen gesagt, alles würde gut werden. Das wird es nicht. Jedenfalls nicht, wenn du dich nicht von der Vorstellung löst, die Polizei, unser Freund und Helfer, würde dir deine Tochter zurückbringen. Das wird sie nicht.

163

Kennst du die typischen Entführungen aus Filmen, in denen die Kidnapper fordern: Alarmieren Sie nicht die Bullerei? Das tue ich auch. Jedes Mal. Und immer rennen die törichten Leute zu den Revieren und plaudern es aus, in der Hoffnung, ihre Liebsten wiederzubekommen. So läuft das nicht. Das sind meine Regeln.

Ahnst du, was jetzt kommt? Meine erste Nachricht an dich war dieser Natur. Wärst du ihr gefolgt und hättest ein paar unterhaltsame Spiele mit mir gespielt, hättest du Ronja längst wieder. Die Polente hat dir diese Möglichkeit genommen. Ich will nicht sagen, es wäre deine Schuld, aber im Endeffekt ist sie es. Oder wir einigen uns auf eine Verkettung unglücklicher Umstände, das klingt weniger hart. Du bist in die Arme der Bullen gestolpert, BEVOR ich den Kampf eröffnete. Sie nahmen dein Handy an sich und glaubten, es im Griff zu haben. Das haben sie nicht. Vertrau ihnen nicht. Mit ihnen wirst du Ronja nicht wiederbekommen. Nur ohne sie. Wie du das anstellst? Werde sie los und kontaktiere mich. Du weißt wie, wenn du deinen Grips anstrengst. Gehst du weiter deinen aktuellen Weg, wird sie sterben. Ihr junger Körper wird aufgeben. Er wird resignieren vor dem Leid, das ich ihm antue. Warum ich das mache? Finde mich aus eigener Kraft und ich verrate dir wieso.

In Liebe
Dein Kuru

Ich schluckte und faltete den Brief zusammen. Sofort kamen Tomas und die anderen zu mir.

»Was steht drin?«, fragte Hanna.

»Das ... darf ich nicht sagen«, wiegelte ich ab.

Ich glaubte Kuru jedes Wort und ich würde nicht so saudumm wie die anderen sein. Und das nicht nur, weil mein Verhältnis zu den vor mir stehenden Beamten ohnehin fragil war. Sie hatten mich belogen. Mir vorenthalten, was in Kurus Nachrichten stand. Von der
164

Bedingung, nicht zu der Polizei zu gehen, hatte ich bisher nichts gewusst. Damit hatten sie mein Kind erst recht in Gefahr gebracht.

»Mir gehts hundsmiserabel«, behauptete ich und fasste mir an den Bauch.

»Ich bringe dich zum Wagen«, sagte Hanna und stützte mich. »Darin kannst du dich ausruhen, bis wir fertig sind. Danach fahren wir zum Revier und reden über den Brief, einverstanden?«

Um sie in Sicherheit zu wiegen, nickte ich.

Wie einem kranken Mann half sie mir, mich auf den Rücksitz zu setzen. Sofort lief sie zurück zu den anderen. In illustrer Runde standen sie beisammen und betrachteten den Tatort. Immer, wenn ich die Augen schloss, sah ich die zartgliedrigen Finger meiner Tochter. Den Nagellack, den sie sich in schönen Zeiten mit ihrer Mutter aufgetragen hatte.

Ich schlug mir vor die Stirn.

»Du Blödarsch!«, schimpfte ich mit mir.

Statt im Selbstmitleid zu versinken, wuchs der Plan, Ronja zu retten, immer mehr in mir heran. Das würde ich ohne die Hilfe der Polizei hinbekommen. Wenn Rob Kleinmann sich etwas vornahm, dann schaffte er das.

Ich zog das geliehene Handy aus meiner Jackentasche und googelte nach dem Kannibalenforum, in dem ich den ersten Kontakt zu Kuru hatte. Als oberster Treffer wurde mir nicht jene Internetadresse angezeigt, sondern eine Schlagzeile: ›*Stadtbekannter Dachdecker treibt sich in Kannibalenforen herum.*‹

»Na prima«, sagte ich, seufzte und las mir den Artikel durch. Darin kam meine Frau zu Wort, die ihren Mann nicht wiedererkannte. Auch Patrick und Gassi wurden interviewt und meinten, dass sie nichts bemerkt hätten.

165

Der reißerische Text war in einer der bekanntesten Zeitungen erschienen. Millionen Menschen lasen sie und manche kannten mich vielleicht. Doch das waren Probleme, die ich beiseiteschob. Ich fand die richtige Plattform, meldete mich mit einer anderen E-Mail-Adresse und einem neuen Passwort an, suchte in den Forumsmitgliedern nach Kuru und schrieb ihm.

»Kuru, ich bin es, Rob. Lass uns reden. Ich bin bereit.«

Sekunden später erhielt ich eine Antwort: *»Du bist noch bei der Bullerei. Du sitzt in ihrem Auto. Du musst da weg. Triff mich in Düsseldorf. Die Adresse schicke ich dir. Bring einen fahrbaren Untersatz mit. Wenn du mit den Bullen aufkreuzt, bekomme ich das mit und deine Tochter verliert ein Bein. Kapiert?«*

Meine Erwiderung war kurz und knapp: *»Verstanden.«*

Er schickte mir die Anschrift und fügte hinzu: *»Lass das Handy im Fahrzeug. Piss darauf, um die Elektrik zu zerstören. Lösch unsere Nachrichten, logg dich aus dem Forum aus. Wahrscheinlich werden sie an die Adresse kommen, ihre Techniker sind nicht von schlechten Eltern, aber bis dahin sind wir weg. Wir sehen uns in zwei Stunden und keine Minute später.«*

Bis nach Düsseldorf würde ich mindestens eine Stunde brauchen, Stau und Baustellen nicht eingerechnet. Das größte Problem war aber, dass ich keinen Wagen hatte. Den der Bullen zu klauen, wäre denkbar unklug. Zwar hatten sie den Schlüssel stecken lassen, aber das Ding hatte bestimmt GPRS und sie würden mich schneller finden, als ich ›Scheiße‹ sagen konnte.

Ich tastete meine Taschen ab. Die Beamten hatten mir alles abgenommen.

»Verdammter Mist!«, fluchte ich.

Ohne Geld konnte ich mir kein Taxi leisten. Wie ich mit den öffentlichen Verkehrsmitteln nach Düsseldorf gelangen sollte, wusste ich nicht. Und würde ich ohne Ticket erwischt werden, wäre ich geliefert.

Ich hatte nur eine Wahl. Wir waren zum Glück nicht weit von meinem Zuhause entfernt. Kuru hatte die Körperteile meiner Tochter netterweise auf dem Duisburger Zentralfriedhof abgelegt. Ich musste also nur ungesehen nach Hause kommen, bei mir selbst einbrechen, den Ersatzschlüssel holen und den Wagen meiner Frau nehmen. Wenn der denn da war. Doch wo sollte sie schon groß sein?

Wie Kuru mir aufgetragen hatte, löschte ich sämtliche Daten, die ich auf dem Handy hinterlassen hatte, öffnete den Hosenstall und pisste darauf. Es dauerte ein paar Sekunden, der Bildschirm erlosch und ließ sich nicht mehr einschalten.

»Ronja, ich komme!«, sagte ich und stieg unauffällig aus. Leise schloss ich die Autotür und flitzte geduckt zu einem nahe gelegenen Gebüsch. Die Beamten waren derart beschäftigt, dass sie mein Verschwinden nicht bemerkten.

»Du kannst dir später gratulieren. Nimm die Beine in die Hand!«, mahnte ich mich, damit meine Tochter nicht eines der ihren verlor. Als mir ihr verstümmelter Körper in den Sinn kam, stolperte ich. Meine überbordende Fantasie hatte mir bisher erquickliche Momente beschert, jetzt brachte sie mir das Grauen.

Ich hielt mich abseits der Hauptstraßen, nutzte schmale Gassen und Feldwege. Binnen kurzer Zeit erreichte ich das Haus, das wir mit unserem hart verdienten Geld gekauft hatten. Ich wähnte mich am Ziel und wurde enttäuscht. Vor dem Gebäude standen zwei rauchende Polizisten, drinnen würden sich weitere befinden. Sich dort ungesehen hineinzuschleichen war unmöglich.

167

»*Fuck!* Was mach ich nur?«, grübelte ich. »Chris!«, fiel mir siedend heiß ein. Mein Bruder war meine letzte Chance, Ronja lebend wiederzufinden.

Kapitel 21

Die Schmerzen waren unerträglich. Ronjas Hand pochte. Die Stümpfe hatte Kuru kauterisiert, mit antiseptischer Salbe eingecremt und mit sterilen Verbänden versorgt.

»Damit meine größte Hoffnung weiterlebt«, hatte er zu ihr gesagt.

Was das bedeuten sollte, hatte sie nicht gefragt. Vielmehr hatte sie sich in sich selbst vergraben, um Taylors Leiden nicht zu sehen und zu hören. Doch das hatte sie. Kuru hatte sie gezwungen, Augen und Ohren offen zu halten und als Zuschauerin dem Spektakel beizuwohnen.

Wie ein Zirkusdirektor war er durch den Raum getanzt und hatte die Show angekündigt.

»Entdecken Sie das Unfassbare. Das Unglaubliche. Das Widerlichste, was Sie je zu Gesicht bekommen haben!«, hatte er kundgegeben.

Dann hatte er sich über Taylor beschwert. Darüber, dass er Kuru betrogen hatte.

»Ich nehme sonst nur Weiber«, hatte er gemeint. »Dass du keines bist, merkte ich erst, als ich dich hatte und deine Daten überprüfte. Ich glaube, es ist an der Zeit, dass wir unser Spiel beenden. Lange genug hast du mich mit deiner Anwesenheit verhöhnt.«

Kuru schnappte sich die Gartenschere vom Rollwagen. Taylor hatte es nicht geschafft, Ronjas Finger in der vorgegebenen Zeitspanne abzutrennen. Eine halbe Minute hatte er länger gebraucht und dafür hatte er seine Strafe erhalten.

Mit der gleichen Schere, noch blutverschmiert von Ronja, entmannte er Taylor. Trennte ihm das ab, was ihm seit Jahren eh zuwider war.

Kuru hatte gewiehert: »Jetzt wirst du das Ding endlich los. Du solltest dich freuen, anstatt zu flennen. Am Ende bist du eine vollständige Frau ... sofern man von den Eiern absieht. Wenn du willst, nehme ich sie dir ab.« Das hatte er mit dem abgetrennten Glied in der Hand von sich gegeben.

Der Verletzte weinte und jammerte vor Schmerz.

»Hör auf!«, forderte Kuru. »Sterben müssen wir alle. Sei froh, dass du es hinter dir hast. Die richtigen Weiber leiden länger als du. *Bon voyage.* Vielleicht sieht man sich in der Hölle.« Mit dem Penis hatte er Taylor gewinkt, ihn zu Ronjas Fingern gelegt und samt Rollwagen den Raum verlassen.

Das war vor einiger Zeit geschehen. Wie viele Stunden seitdem vergangen waren, vermochte Ronja nicht zu schätzen, aber Taylor lebte noch. Zu ihrem Leidwesen. Dem Mann zuzusehen, wie er verblutete und sich quälte, brach ihr das Herz, auch wenn er ihr wehgetan hatte. Es hatte sich eine Blutpfütze unter dem geschundenen Genitalbereich gebildet. Das Tropfen, wenn weiterer Lebenssaft aus ihm troff, machte sie schier wahnsinnig.

»Stirb endlich«, murrte Tanja, die Blondine. Ihre Augen waren rot umrandet. Der Stumpf, wo sich ihre Hand befunden hatte, blutete. Der Verband war durch das getrocknete Blut braun verfärbt.

»Wie kannst du nur?«, fragte Sofia.

Die vierte Frau sagte nichts. Mit gesenktem Kopf hing sie reglos in ihren Ketten. Seit Ronja hier war, hatte sie sie weder sprechen noch essen oder trinken gesehen. Sie war sich nicht einmal sicher, ob sie überhaupt noch lebte.

Und wenn nicht: Was machte das für einen Unterschied? Ronja hatte es akzeptiert: Sie würde sterben. Nie würde sie ihren Schulabschluss machen, nie würde sie

170

Autofahren lernen, nie würde sie heiraten und Kinder kriegen. All das wollte Kuru ihr nehmen. Sie hatte keine Ahnung, wie sie das verhindern sollte. Ihre Mitgefangenen waren keine Hilfe. Sie legte die Arme um die Schienbeine und wartete auf den Moment, an dem ihr Leben enden würde. Dabei begleitete sie der stete Fluss von Taylors Blut.

Tropf!

Tropf!

Tropf!

Kapitel 22

Mir tropfte Schweiß von der Stirn. Den Weg bis zu Chris' Haus war ich gerannt wie ein Berserker. Die Zeit lief mir davon. Eine halbe Stunde hatte ich vergeudet und ich hatte nicht vor herauszufinden, was Kuru meiner Tochter antat, wenn ich zu spät in Düsseldorf aufschlug.

Ich war erleichtert: Vor dem Haus meines Bruders standen keine Streifenwagen. Auch sonst war niemand zu sehen.

Ich schlich mich an der Seite des Gebäudes vorbei in den Garten. Chris und Jörg liebten ihre Privatsphäre. Ihr Grundstück war für die anderen Anwohner schwer einsehbar. Ein Vorteil für mich. Ich hatte keine Ahnung, wie weit sich das Gerücht des dachdeckenden Kannibalen – der ich nicht war, was die Medien aber null interessierte – verbreitet hatte und ob einer der Nachbarn mich bemerken und die Bullen rufen würde.

Ich ging über den frisch gewässerten Rasen, der Sprinkler lag auf der Terrasse. Schleichend betrat ich sie und lugte ins Wohnzimmer. Chris saß auf der Couch, das Tablet auf dem Schoß. Ständig schüttelte er den Kopf, während er mit dem Finger hin und her scrollte. Ich ahnte, was er da las: Lügen über seinen Bruder, die ihn aus der Bahn warfen.

Ich nahm meinen ganzen Mut zusammen und klopfte an die Terrassentür. Chris erschrak. Als er mich erkannte, fiel ihm das Tablet aus der Hand und er rannte zur Tür.

Erst fürchtete ich, er würde sie nicht öffnen. Er starrte mich an, als wäre ich ein Alien, machte einen Schritt vor und einen zurück, als könnte er nicht fassen, dass ich vor ihm stand. Nach quälenden Sekunden öffnete er mir, stürmte heraus und umarmte mich.

173

Die Angst, er könne mich ebenso verstoßen wie meine Frau, fiel von mir ab. Er war eben mein Bruder. Mein bester Freund. Mein Leidensgenosse aus der Kindheit. Der Mann, den ich wie Bine und Ronja immer vor dem beschützen wollte, was in mir vorging.

»Du glaubst nicht, wie gut es tut, dich zu sehen«, versicherte er mir. »Hat die Polizei dich gehen lassen? Komm rein, dann reden wir darüber. Es ist bestimmt nicht so schlimm, wie die Medien behaupten. So bist du nicht, ich kenne dich ...«

»Keine Zeit«, sagte ich. »Wir müssen sofort los.«

»Wohin?«

In einer Kurzfassung, die sämtliche wichtigen Details enthielt, schilderte ich ihm, welche Chance wir hatten. Wir konnten Ronja retten – das tun, wozu die Polizei nicht imstande war.

»Dafür müssen wir nach Düsseldorf.«

Auf sein Gesicht legte sich der Hauch eines Zweifels.

»Auf der Fahrt erkläre ich es dir, einverstanden?«

Das überzeugte ihn. Er wusste, dass er mir zu einhundert Prozent vertrauen konnte. Nie würde ich etwas tun, das ihn gefährdete.

Im Auto schrieb er Jörg eine Nachricht, dass er noch Dinge erledigen müsse und es spät werden könne. Als wir die Autobahn erreichten, forderte er: »Dann schieß los! Was von dem, was die Medien behaupten, stimmt? Ist mein Bruder ein Kannibale?«

Es war an der Zeit. Er hatte die Wahrheit verdient. Keine Geheimnisse mehr. Ich begann damit, ihm das zu erzählen, was nicht in den Zeitungen stand. Über meine Wünsche und Träume. Über das Verlangen nach Schmerz und Blut. Über die Treffen, die ich

174

unternommen hatte. Und von dem Irren, den ich unwissentlich auf meine Familie gehetzt hatte.

Chris schluckte schwer. »Leck mich am Arsch!«, stieß er aus. »Ich hätte es sehen müssen. Dir helfen sollen. Dich nicht allein lassen dürfen.«

»Du konntest es nicht wissen.«

»Ich hätte es herausfinden können. Du glaubtest, deine Wunden gut genug vor mir versteckt zu haben, aber ich sah sie vor Mama und Papa. Wie die anderen ging ich davon aus, dass du sie dir wegen Onkel Herbert zugefügt hast. Damit fand ich mich ab. Spätestens, als wir im Heim landeten und sich unsere Situation besserte, du dich aber weiterhin geschnitten hast, hätte ich nachfragen müssen!« Enttäuscht über sich selbst, schlug er sich auf den Oberschenkel.

»Du hättest nichts tun können. Mach dir keine Vorwürfe. Selbst wenn du mich explizit danach gefragt hättest, hätte ich es geleugnet. Vor diesen Menschen im Forum habe ich niemandem davon erzählt.«

»Wir sind zwei arme Gestalten«, sagte Chris mit einer Spur schwarzem Humor. »Der eine ist schwul und der andere will sich essen lassen. Gruß in die Hölle: Mama, Papa, ihr habt ganze Arbeit geleistet. Noch mehr hättet ihr uns nicht verkorksen können.«

»Du hasst mich nicht?«, fragte ich.

»Wie könnte ich? Du bist mein Bruder. Du hast mich stets beschützt. Jetzt bin ich an der Reihe, dir zu helfen. Wir schaffen das. Alles wird sich fügen. Das mit Bine wird sich auch einrenken.«

»Das glaube ich nicht. Sie wird mir nie wieder vertrauen können. Immer wird die Angst sie begleiten, der Spuk könnte von vorn losgehen.«

»Wird er das? Würdest du es noch mal versuchen?«

»Selbstverständlich!«, sagte ich voller Überzeugung. »Du hast nach deinem ersten Sex mit einem Mann auch nicht aufgehört. Weil du gemerkt hast, dass es das ist, was du willst. Genauso ergeht es mir. Ich will aus dem Leben scheiden, wie ich es mir erträume. Daran hat sich nichts geändert. Bis wir Ronja gefunden haben, ist das Thema allerdings auf Eis gelegt.«

»Dir ist klar, dass ich nicht zulassen kann, dass du stirbst?«

»Ist es. Dafür hasse ich dich schon jetzt.«

Wir brachen in Gelächter aus. Es tat verdammt gut, auch wenn es wegen der Umstände fehl am Platz wirkte. Was sollte man erwarten? Mein Bruder hatte erfahren, wer ich in Wahrheit war und wie es um die Sicherheit seiner Nichte bestellt war. Da konnte man schon mal in hysterisches Lachen ausbrechen.

»Wir sind gleich da«, sagte ich mit Blick auf das Navi. »Wir liegen prima in der Zeit. Zwanzig Minuten zu früh. Ich danke dir.«

»Nicht dafür.« Chris parkte den Wagen vor der ange-gebenen Adresse. Es war ein Fundbüro. »Und jetzt?«

»Ich glaube, ich weiß, was ich tun muss. Warte hier.«

Mit klopfendem Herzen betrat ich das Gebäude. Eine junge Frau hinter dem Tresen lächelte mich an. »Was kann ich für Sie tun?«

»Ich habe was verloren …«, deutete ich an und riet ins Blaue. »Wurde etwas für einen Robert Kleinmann hin-terlegt?«

»Ja, vor wenigen Stunden.« Sie verließ den Raum und kehrte mit einem Handy zurück. »Ein Glück, dass Sie einen Aufkleber mit Ihrem Namen angebracht haben und es ehrliche Menschen gibt.«

»Wer hat es abgegeben? Ein Mann?«

176

»Es war ein Junge. Vielleicht acht Jahre alt.«

»Wahrscheinlich ein Bote ...«, murmelte ich.

»Wie meinen?«

»Nichts, kann ich es bitte zurückhaben?«

»Sie müssen sich ausweisen.«

Als ich mich abtastete, fiel mir ein, dass ich nichts bei mir hatte.

»Meine Geldbörse habe ich auch verloren, das war alles in einer Tasche. Bitte, Sie müssen mir das Handy geben, es geht um Leben und Tod!«

Das verwirrte die Frau. »Ohne Bestätigung Ihrer Identität kann ich es Ihnen nicht aushändigen. Da kann ja jeder kommen.« Sie verschränkte die Arme vor der Brust.

Mir lief die Zeit davon. Man musste kein Genie sein, um zu erraten, was innerhalb von Kurus Zeitlimit geschehen würde. Entweder müsste ich ihn als Beweis anrufen, dass ich das Paket erhalten hatte, oder er würde einen Kontrollanruf machen.

»Warten Sie kurz«, bat ich und holte Chris.

Er zeigte ihr seinen Ausweis, erklärte, dass er mein Bruder sei und ich meine Sachen verloren hätte.

Chris beugte sich zu ihr und tat so, als sollte ich das Gesagte nicht hören: »Seine Frau hat ihn verlassen und er trinkt in letzter Zeit oft über den Durst hinaus. Ich fand ihn besoffen und vollgekotzt im Park. Seitdem versuchen wir, sein Hab und Gut wiederzufinden, welches er im Suff verteilt hat.«

Seine vertrauenswürdige Art und seine herzerwärmende Geschichte brachten sie dazu, uns das Handy auszuhändigen.

Wir hatten noch fünf Minuten.

Zurück im Auto erhellte ich das Display. Eine vierstellige PIN wurde gefordert.

177

»*Fuck!*«, fluchte ich.

»Es ist bestimmt der Geburtstag deiner Tochter«, schlug Chris vor.

Ich tippte Tag und Monat ein und wurde mit einem Fehlversuch bestraft. Zwei waren übrig. Ich versuchte ihr Geburtsjahr. Ebenfalls falsch.

»Noch ein Versuch«, sagte ich und überlegte. Kuru lag nicht nur etwas an seinen Opfern, die er gefangen hielt und quälte, sondern auch an denjenigen, mit denen er spielte. Er forderte mich heraus, um Ronja zu spielen. Nur mit mir und nicht mit der Polizei, wie er mir zu verstehen gegeben hatte.

Mit zitternden Fingern gab ich meinen Geburtstag ein. Den genauen Tag und den Monat.

»Herrgott!«, kam es mir über die Lippen. Bisher hatte sich mein Glaube auf den an mich selbst beschränkt. Jetzt dankte ich demjenigen, den meine Eltern so inbrünstig verehrt hatten.

»Hast du es?«, fragte Chris.

Ich zeigte ihm das Display. Als Hintergrundbild hatte Kuru weiße Kacheln gewählt. Schnell durchsuchte ich das Telefonbuch.

»Nicht eine einzige Nummer eingespeichert«, bemerkte ich, als das Handy auch schon klingelte. Ich nahm ab.

»Hallo, Rob«, sagte eine wohlig klingende Stimme. »Du weißt, wer ich bin?«

»Kuru.«

»Es ist schön, meinen Namen aus deinem Mund zu hören. Nach all der Zeit spreche ich mit einem liebenden Menschen. Es wäre so einfach gewesen. Die Leute hätten nur das tun sollen, was ich von ihnen verlangt habe.

Kein Hexenwerk, wie ich finde. Aber wer hört schon auf den armen Irren? Rennen wir lieber zu den Bullen!«

»Wo ist Ronja?«, unterbrach ich ihn, um mir sein Geschwafel nicht anhören zu müssen.

»Es geht immer um die, die uns nahestehen. So sollte es zumindest sein. Dass es nicht so ist, haben meine Spiele gezeigt. Anstatt sich zurückzunehmen und das zu tun, was ich will, haben sie egoistisch gehandelt und ihre Liebsten getötet. Ronja muss es nicht so ergehen. Du hast den ersten richtigen Schritt getan. Jetzt mach den nächsten. Nimm dir das Auto. Lass deinen Begleiter zurück. Fahre ein paar Kilometer. Dann bekommst du weitere Anweisungen. Und keine Spielchen! *Big Brother is watching you!*«

Die Verkehrskameras um mich herum waren mir längst aufgefallen. Auch ohne sie hatte ich nicht vor, mich Kurus Instruktionen zu widersetzen. Für Ronja würde ich mich jederzeit zurücknehmen. Ihr Wohl war meine Aufgabe.

Und du hast es dennoch gefährdet.

»Ach, halt den Mund!«, entfuhr es mir als Antwort auf mich selbst. Sofort entschuldigte ich mich bei Kuru; zu meinem Glück hatte er jedoch bereits aufgelegt.

»Was ist der Plan?«, fragte Chris.

»Steig aus.«

»Was?«

»Ab jetzt muss ich allein weitermachen. Das fordert er.«

»Das werde ich nicht zulassen. Ich habe gerade erfahren, dass du eine Todessehnsucht hast. Und nun soll ich dich in die Arme eines Irren laufen lassen? Da ist doch klar, was passieren wird.«

179

»Selbst wenn es mich das Leben kostet, ich werde Ronja retten. Akzeptiere das und steig aus. Bitte. Ach, und kannst du mir noch ein wenig Geld leihen?« Ich nahm ihn in den Arm, bedeckte sein Gesicht mit Küssen. »Ich schaffe das, vertrau mir.«

»Das tue ich«, meinte er, drückte mir einen Geldschein in die Hand und stieg aus.

Schnell rutschte ich auf den Fahrersitz und brauste los. Als ich Chris im Rückspiegel verschwinden sah, beschlich mich das Gefühl, dass ich ihn nie wiedersehen würde. Machte es mir Angst? Nicht im Geringsten. Kuru hatte sich mit dem Falschen angelegt. Jetzt war ich nicht nur ein Mann, der ohnehin keine Angst vor dem Sterben hatte, sondern auch einer, der alles verloren hatte: Tochter, Frau, Ansehen, alles futsch. Ich hatte nichts zu verlieren und stürzte mich in den Kampf.

Nach zehn Minuten rief er an. Ich parkte an der Straßenseite. Er gab mir eine neue Adresse, zu der ich mich unverzüglich aufmachen sollte.

»Und keinerlei Spielchen. Ich bekomme mit, wenn du die Bullen kontaktierst«, warnte er.

»Keine Sorge, so dämlich bin ich nicht.«

»Hatte gleich das Gefühl, du könntest der Richtige sein«, sagte Kuru. »Sobald du die Anschrift erreicht hast, warte.«

»Worauf und wie lange?«

»Das wirst du herausfinden.« Er legte auf.

Ich warf das Handy auf den Beifahrersitz, schaltete den Rundfunk ein und fuhr zu der angegebenen Adresse. Als die Nachrichten kamen, schluckte ich schwer. Zumindest auf dem Regionalsender wurde über meine Tochter und mich berichtet. Wenn jemand mich sehen sollte, möge er bitte die Polizei informieren. Zwar gelte

180

ich nicht als gefährlich, dennoch wäre es von unglaublicher Wichtigkeit, dass die Beamten wüssten, wo ich mich aufhielt. Sofort schaltete ich das Radio aus. Ich fühlte mich beobachtet. Als würde mich jeder erkennen. Als würden mich andere Autofahrer an der Ampel anstarren. Als würden Fußgänger mit dem Finger auf mich deuten und rufen: »Da ist der Kannibale! Schnappt ihn!«

Das war natürlich vollkommener Quatsch. Es war meine Anspannung, die mich Gespenster sehen ließ. Niemand erkannte mich und keine Sau zeigte auf mich. Und dank Kurus Sicherheitsvorkehrungen wussten Tomas und Co. wohl kaum, wo ich mich befand. Kuru führte sie seit Monaten an der Nase herum. Er würde keinen Fehler begehen, nur um mich zu treffen.

Oder doch? Wenn ich tatsächlich etwas Besonderes war, vergaß er vielleicht seine Vorsicht.

In welcher Hinsicht sollte ich etwas Besonderes sein? Wegen meines Namens? Wegen meines Berufes?

Hör auf, ins Blaue zu raten, du Idiot! Es liegt auf der Hand, was er meint!

Natürlich wusste ich es. Damit spielte er auf meine Bereitschaft an, mich zum Verzehr anzubieten. Was das mit Kurus Abart, Menschen gefangen zu halten und sie zu foltern, zu tun hatte, erschloss sich mir nicht.

Die Fahrt dauerte eine halbe Stunde. Trotz Navi verfuhr ich mich. Es gab so viele Baustellen, wie ich noch nie auf einen Fleck gesehen hatte. Das Navigationssystem hatte seine liebe Mühe, den Weg ständig neu zu berechnen, wenn ich gezwungenermaßen eine andere Route einschlug, als es vorgab.

Ich hielt vor einem Café. Es wirkte urig und befand sich in einem Gebäude, das wie Hermanns Haus den Zweiten Weltkrieg überstanden hatte.

Hermann … Was der alte Kauz dazu sagt, sobald er erfährt, dass der Chef der Firma, die sein Dach instand setzt, Kontakte zur Kannibalenszene hat?

Eine SMS ging auf dem Handy ein. Sie war von Kuru. *»Steig aus, hol uns zwei Stück Kuchen und zwei Becher Kaffee. Das macht unseren Kaffeeklatsch rund. Das Geld gebe ich dir zurück.«*

Ich legte den Kopf in den Nacken und lachte aus Verzweiflung. Der Wahnsinn dieses Mannes überstieg meinen eigenen um Längen. Als wäre es nichts, Menschen zu foltern und zu töten, plauderte er mit mir. Das verstörte mich mehr als das, was ich bisher erlebt hatte. Selbst der Opferungsraum von Lena und Belial war nichts dagegen.

Mir schauderte. Seit ein paar Wochen bewegte ich mich in dieser Szene und jeder, mit dem ich Kontakt gehabt hatte, war gewalttätig. Und ich hatte nur die Spitze des Eisbergs gesehen. Als ich darüber nachdachte, wie viel Böses und dadurch entstandenes Leid es auf der Welt gab, fragte ich mich, ob es eine gute Idee gewesen war, ein Kind zu zeugen.

»Scheiße ja, natürlich war das eine gute Idee! Die beste, die ich je hatte!«, fluchte ich und stieg mit Tränen in den Augen aus. Im Café stellte ich mich in die Kundenschlange. Als ich an die Reihe kam, bat ich die Bäckereifachverkäuferin, mir von jeder Torte und jedem Kuchen ein Stück einzupacken. Ich hatte keine Ahnung, was Kuru gern aß. Oder was nicht. Vielleicht hatte er eine Nussallergie. Hoffentlich hatte er die und kostete vom Haselnussstriezel, den die Verkäuferin auf die Pappe lud.

Als sie die Bestellung fertig verpackt und ich gezahlt hatte, wünschte sie mir eine schöne Feier. Das verwirrte

182

mich kurz und ich verharrte sie dümmlich anblickend. Dann bedankte ich mich und verließ die Bäckerei. Woher sollte die Frau schließlich wissen, welche Feierlichkeit mir bevorstand?

Die mit einem Irren. So sieht es aus!

Zurück im Auto stellte ich die Backwaren auf den Beifahrersitz und startete den Motor. Etwas Kaltes berührte mich im Nacken. Ich schaute in den Rückspiegel. Mein Herz setzte einen Moment lang aus. Auf dem Rücksitz saß ein lächelnder Mann. Er erinnerte mich an die Jungs aus den Boybands, mit deren Postern Ronja ihre Kinderzimmerwand tapeziert hatte.

So nett, wie er wirkte, war er nicht. Sonst würde er nicht den Lauf einer Pistole gegen meinen Hinterkopf drücken.

»Kuru«, sagte ich.

»Hallo, Rob.«

Kapitel 23

»Ich sag dir, wo wir hinfahren«, meinte Kuru und lehnte sich entspannt zurück.

Es war eine Erleichterung, als der kalte Stahl von meinem Hinterkopf verschwand.

»Hast du Angst?«, fragte er.

»Wenn ich Ja sage, geht dir dann einer ab?«

Er lachte. »Du bist genau der Schlag Mensch, nach dem ich gesucht habe. Furchtlos und aufopferungsvoll. Ich denke, wir werden uns bestens verstehen.«

»Was ist mit Ronja? Du lässt sie gehen, wenn ich mit dir komme?«

»Das besprechen wir in Ruhe beim Kaffee. Der duftet köstlich. Fahr geradeaus, bis ich was anderes sage.«

Wir schwiegen, doch in meinem Kopf tobte ein Orkan. Dass ich den Tag nicht überleben würde, erschien mir immer wahrscheinlicher. Ich hatte Kurus Gesicht gesehen und bald würde ich wissen, in welchem Bau er sich versteckte. Ein Mann wie er wollte nicht gestoppt werden. Er wollte die ultimative Befriedigung erlangen. Genau wie ich. Kuru war ein von seinen Fantasien Getriebener.

Irgendetwas hat ihn dazu gebracht, der zu werden, der er ist und das zu tun, was er tut. Was war es bei ihm? Auch der pädophile Onkel? Oder sind Papa oder Mama nachts in sein Bett gestiegen? Waren es Schläge eines Verwandten? Hänseleien der Mitschüler?

Gern hätte ich in seinen Kopf hineingesehen und nachgeschaut, ob darin genauso eine Unordnung und ein Aufruhr herrschten wie in meinem.

Trotzdem hatte ich keine Angst um mich, nur die um Ronja war da – und sie war gigantisch.

Kuru lotste mich durch die Stadt. Hier kannte ich mich nicht aus. Dennoch hatte ich manchmal das Gefühl, wir würden im Kreis fahren, weil ich meinte, das eine oder andere Bauwerk mehrmals gesehen zu haben.

Will er mich verwirren? Damit ich die Polizei nicht schnurstracks zu seinem Unterschlupf führen kann, sollte sein Plan schiefgehen?

In einem außerhalb der City befindlichen Gewerbegebiet hielten wir vor einem unbenutzt aussehenden Gebäude. Graffiti gestalteten den Putz bunt.

»Wir sind da!«, sagte Kuru. »Gib mir den Schlüssel.«

Ich zog ihn vom Zündschloss und reichte ihn nach hinten.

»Steig aus! Wie immer gilt: Keine Dummheiten.«

Widerstandslos gehorchte ich. Mit vorgehaltener Waffe trieb er mich vor sich her. Die anderen Firmen in dieser Gegend wirkten ebenso verlassen.

»Willkommen in der Schande NRWs. Hier sollte ein Gewerbegebiet der Extraklasse entstehen. Nur hat keiner den Erwerbern der Neubauten gesteckt, dass der Boden verseucht ist. Hier Arbeiter zu beschäftigen ist verboten. Die Gebäude stehen ungenutzt rum und die Käufer haben die Kosten am Arsch. Den Bau da«, Kuru deutete darauf, »habe ich von meinem Alten geerbt, als der sich das Leben nahm, weil ihm die Schulden über den Kopf wuchsen. Nach seinem Tod waren es meine. Astrein, was?«

Ich antwortete nicht, sondern ließ ihn erzählen. Je mehr ich über ihn wusste, desto besser.

»Fang«, sagte er.

Mich traf etwas im Rücken. Ein Schlüssel fiel klirrend zu Boden.

»Schließ auf«, forderte Kuru.

186

Ich tat wie mir geheißen und betrat das leer stehende Gebäude.

»Geradeaus und wenn es nicht mehr weitergeht, nach links«, wies er mich an. »Hier sollte eine Großbäckerei entstehen. Daher mein Hang zu Kaffee und Kuchen. Mein Vater war Meisterbäcker und hat etliche Kredite aufgenommen, um dieses Teil zu kaufen. Das hätte klappen können und wir wären steinreich geworden. Aber so ... hat er uns ins Verderben gestürzt. Mama ist nach seinem Tod dem Alkohol verfallen und steht kurz vor einer Leberzirrhose. Gesehen habe ich sie seit Jahren nicht. Meine Schwester hält mich über sie auf dem Laufenden. Die Schlampe mag ich auch nicht. War nie nett zu ihrem kleinen Bruder.« Kuru kicherte. »Was schwatze ich? Das interessiert dich bestimmt kein bisschen. Ich möchte lieber mehr über dich erfahren. Dazu essen wir ein Stück Kuchen. Schließ die letzte Tür auf. Es ist der Mini-Schlüssel. Ja, braver Rob. Schmeiß mir den Bund her. Prima. Du bist gehorsam wie ein Zirkusäffchen.«

Ich warf ihm einen verächtlichen Blick zu, hielt aber die Klappe. Erst wollte ich wissen, wo Ronja war, wie es ihr ging und wie Kurus Plan aussah.

Wo sie war, stellte ich schnell fest. Auch bezüglich ihres Zustands war ich schnell im Bilde. Als ich die Tür öffnete, trafen sich unsere Blicke. Mein Kind, die Frucht meiner Lenden, saß auf einem schmierigen Bett. Ihr zierlicher Körper war verdreckt. Eine ihrer Hände war dick in Mull eingepackt. Das beschwor das Bild der abgetrennten Finger in meinem Kopf herauf. Am liebsten hätte ich mich zu Kuru umgedreht und ihm das Genick gebrochen. Aber er war derjenige mit der Knarre und ich hatte nicht vor, das Risiko einzugehen, dass er mich oder

Ronja erschoss. Ich musste den richtigen Moment abwarten.

»Papa!«, schrie meine Tochter. Tränen liefen über ihre Wangen. Sie wollte zu mir, ihre Ketten spannten sich. Die Matratze unter ihr war vollgesogen mit ihrem Blut und ihren Exkrementen. In meinem Bauch brodelte es, ich stand kurz vor der Explosion.

Kuru richtete die Pistole auf mein Kind. Wieder setzte mein Herzschlag einen Atemzug lang aus. Zu sehen, wie jemand das eigene Fleisch und Blut mit einer Schusswaffe bedrohte, war ein unvorstellbarer Horrortrip.

»Dein Papi und ich werden uns ein bisschen unterhalten und du bist ruhig, sonst schneide ich euch beiden was ab.« Dann lächelte er Ronja an. »Du weißt, wie gern ich das tue. Sei ein braves Mädchen und lass die Erwachsenen reden.«

Wie erstarrt stand ich im Raum. Erst als er die Waffe runternahm, erlaubte ich mir, mich kurz umzusehen. Um mich herum herrschte das Grauen. Vier Frauen oder drei und ein Mann? Der Besitzer des Schwanzes? Sie waren an der Wand, einem Bett und einem Stuhl angekettet. Ihnen fehlten Körperteile oder Fleischstücke. Die Haare waren ihnen teilweise ausgerissen worden. Einer war ein Teil der Lippe abhandengekommen. Und bei der, die wohl eher ein Kerl war, war der Penis nicht an Ort und Stelle. Da hingen nur noch die Hoden.

Jede von ihnen wirkte mehr tot als lebendig, wobei ich mir bei dem männlichen Gefangenen sicher war, dass der Sensenmann ihm einen Besuch abgestattet hatte. Da war keine Bewegung. Kein Heben und Senken des Brustkorbs. War das Taylor?

188

»Erde an Rob!«, drang Kurus Stimme an meine Ohren. Als ich zu ihm sah, sagte er: »Da ist er ja. Setz dich und iss ein Stück Kuchen.«

»Auf den ... Boden?«, fragte ich, weil er seinen Arsch dorthin platziert hatte.

»Wohin sonst? Stimmt was nicht mit ihm?«, erkundigte er sich und schaute sich um.

Und ob damit was nicht in Ordnung ist! Er war mit Dreck und Blut verkrustet. Ich erkannte Knochen und angetrocknete Reste von Körperflüssigkeiten. Waren das Gehirnreste? Als hätte er einen Menschen in einen überdimensionalen Fleischwolf gepackt und zu Hackfleisch verarbeitet.

Um ihn nicht zu verärgern, nahm ich Platz. Ich sollte ihm die Kuchenplatte und einen der Kaffeebecher geben. Als er das schmackhafte Süßgebäck auspackte, strahlten seine Augen.

»Du hast dich nicht lumpen lassen!«, lobte er mich. »Da werden Kindheitserinnerungen wach.« Er deutete auf den Bienenstich. »Du glaubst nicht, wie viele davon ich in meiner Kindheit gegessen habe. Unser Vater hat uns sprichwörtlich damit gemästet. Vielleicht war er einer dieser *Feeder.* Menschen, die es geil finden, ihre Partner oder Verwandten fett zu füttern. Das waren Mama, meine Schwester und ich. Fett wie die Schweine. Erst nach seinem Tod schaffte ich es abzunehmen. Ist nicht toll, wenn einem längst schlecht ist, man die letzten zwei Stücke Kuchen aber aufisst, um von Daddy nicht eins auf die Löffel zu bekommen.«

So wie es klang, war auch seine Jugend alles andere als angenehm gewesen. Er war genauso ein Geplagter wie mein Bruder und ich. Nur waren wir nicht zu solchen Monstern herangewachsen, die das Leid und die Gewalt

189

an anderen Menschen ausließen. Wir machten die Schrecken unserer Vergangenheit mit uns selbst aus. Genau von denen wollte Kuru hören.

Er biss in den Bienenstich und sagte: »Erstaunlich, dass ich ihn noch gern mag. Während ich ihn genieße, erzähl mir ein bisschen von dir. Wie war dein Leben? Wie bist du zu dem abartigen Stück Scheiße geworden, das du heute bist.« Als er lachte, flogen Kuchenkrümel aus seinem Mund. »Ich meine: Jemanden zu essen, das kann ich verstehen. Schuldig im Sinne der Anklage, würde ich sagen. Meine Neugier ließ mich längst von einem meiner Weiber kosten. Ist lecker. Durchaus aromatisch. Die Struktur ist etwas zäh. Vielleicht hätte ich ein mit Fett gemasertes Filet und nicht was aus dem Muskel nehmen sollen. Was nicht ist, kann ja noch werden.« Grinsend schaute er zu Ronja, dann widmete er sich wieder mir. »Also? Was muss passieren, damit ein Mann sich verspeisen lassen will? Was ist in deinem Gehirn nicht ganz knusper?«

»Das braucht meine Tochter nicht hören«, flehte ich.

»O doch, das muss sie! Sie soll wissen, wer ihr Papi ist. Als ich ihr sagte, sie wäre wegen dir hier, wusste sie nicht, was ich meinte. Erzähl deiner Kleinen, wie wir uns kennengelernt haben. Ihre Reaktion wird ein Augenschmaus sein. Wenn du es nicht tust«, er zuckte mit den Schultern, »erschieße ich sie. Es ist deine Entscheidung.«

Ich schaute kurz zu Ronja, senkte den Blick. »Also gut.«

»Dann los! Ich bin gespannt, mehr von dir zu erfahren. Dein Text war ziemlich ansprechend. Währenddessen genieße ich den Kuchen.« Er biss vom Bienenstich ab, spülte mit Kaffee nach.

190

Wie so oft in den letzten Tagen, erzählte ich meine Geschichte. Je öfter ich sie von mir gab, umso normaler erschien sie mir. Sie hatte ihren Schrecken verloren. Für mich. Denn immer, wenn ich bei brisanten Details meiner Tochter in die Augen sah, spürte ich, dass ein Teil ihrer Welt zusammenbrach. Die Welt, die dank Kuru längst ins Wanken geraten war.

»Und jetzt bin ich hier«, beendete ich meinen Bericht. »Vom *long pig* zum Gehilfen der Polizei bis hin zum Kaffeeklatsch mit dir.«

Kuru applaudierte. »Das ist die beste Lebensgeschichte, die ich je gehört habe. Das war es, was deinen Vorgängern, den anderen Mitspielern, gefehlt hat. Der Hang zur Selbstzerstörung. Dir geht echt einer ab, wenn jemand dein Fleisch isst?«, hakte er nach. Mir war bewusst, wieso. Meine Antwort würde einen weiteren Sargnagel in die Beziehung zu meiner Tochter treiben. Falls wir das überlebten, würde sie nie wieder etwas mit mir zu tun haben wollen.

Als ich nicht sofort antwortete, hob er die Pistole und zielte auf Ronja.

»Ja, es erregt mich«, murrte ich.

»Faszinierend. Wir beide haben seit unserer Geburt nur Scheiße erlebt. Und haben uns so unterschiedlich entwickelt. Du suchst dein Leben lang nach dem Tod und ich töte auf der Suche nach dem einen Menschen, dem das eigene Leben weniger wert ist als das seiner Liebsten. Das ist die Lehre, die ich aus dem Selbstmord meines Vaters zog: Er war sich selbst immer wichtiger als wir. Auch wenn ich ihn für das gehasst habe, zu was er uns zwang und für die Schläge, habe ich ihn ebenso geliebt und verehrt. Als er mich verließ, brach es mir das Herz und meine Welt stürzte ein.«

191

»Danach begann dein Spiel?«, riet ich.

»Du bist schlau«, lobte er mich. »Natürlich nicht sofort. Ich war jung und hatte nicht die Mittel, das zu bewältigen. Zuerst musste ich mir ein Fake-Leben aufbauen, genau wie du. Ich strengte mich in der Schule an, schloss mit einem Einser-Durchschnitt ab und verlor das Gewicht, das ich wegen meines Vaters mit mir herumschleppte. Ich bewarb mich bei den besten Computerspezialisten, lernte bei ihnen, verdiente ein Schweinegeld und sparte. Dann baute ich diesen Raum, besorgte das technische Equipment und die Sache konnte losgehen.«

»Und?«, fragte ich. »Geht dir auch einer ab, wenn du deiner Leidenschaft nachgehst?«

»Das Wort passt auf eine Art, finde ich. Ich schaffe Leiden und erfreue mich daran. Also ja, ich genieße es, ihnen wehzutun und mit denen zu spielen, die sie lieben. Aber offenbar nicht genug, nicht wahr?«, sagte er und stand auf. Ohne darauf zu achten, trampelte er über die Kuchenplatte und ging zu einer Blondine. Sie war kaum bei Bewusstsein. Er hob ihren Kopf an. »Die hier, Tanja, hab ich ihrem Ehemann vor sechs Monaten genommen. Das Erste, was er trotz Warnung tat, war, zu den Bullen zu rennen. Vielleicht tat er es mit Absicht, damit ich sie umbringe. Meine Recherchen ergaben, dass sie beim Notar war, um sich über den Ablauf einer Scheidung zu informieren.« Kuru latschte zu den anderen Frauen und dem Mann. Über jeden hatte er etwas zu erzählen. Auch zu ihren Angehörigen, die alle entgegen seinem Willen gehandelt hatten. »Ich hasse es, wenn niemand tut, was ich verlange. Das kommt aus meiner Kindheit. Damals musste ich immer nach Vaters Pfeife tanzen. Seit er weg ist, habe ich das Sagen. Wenn sie nicht gehorchen, werde ich böse und muss ihnen wehtun. Ist es nicht so?«, fragte

192

er die Südländerin. Sie nickte. Dann schaute er den Mann an. »Oh, Taylor hat es hinter sich, das spart Munition.« Ohne Vorwarnung schoss er plötzlich der Blondine in den Kopf. Ihr Blut verteilte sich, Gehirnmasse spritzte gegen die Kacheln. Meine Tochter schrie und hielt sich die Augen zu.

Kuru tadelte sie: »Na, na, Ronja, du weißt, was passiert, wenn du nicht hinschaust!«

Sofort nahm sie die Hände weg.

»Das ist Wahnsinn!«, brüllte ich.

Mein Einwurf interessierte ihn nicht. Ungerührt erschoss er die beiden anderen Frauen. Wie ein Revolverheld pustete er gegen den Lauf und kam zu mir.

»Wir brauchen sie nicht mehr«, erklärte er. »Das Spiel ist vorbei, ich habe meinen Endgegner gefunden. Wie in den Games, die ich als Kind zockte. Was hatte ich sonst vom Leben? Weil ich fett war, hatte ich keine Freunde, verkroch mich in meinem Zimmer und spielte. Tagein, tagaus. Ich gewann immer. Das werde ich auch jetzt. Dank dir.«

»Du hast gewonnen. Ich ergebe mich. Lass meine Tochter gehen.«

»Du greifst zu weit vor«, tadelte er mich. »Ich bin derjenige, der die Regeln macht. Ich erkläre sie dir: Ronja kann verschwinden, aber erst nach einem letzten Spiel. Du hast mein Wort. Falls sie gewinnt, darf sie gehen. Das habe ich mit dem Hund auch getan, nicht wahr?«

»Der mit der Nachricht dran?«, fragte ich.

»Genau der.« Er schaute zu Ronja. »Siehst du? Ich habe mein Versprechen gehalten und ihn freigelassen.«

Meine Tochter zitterte am ganzen Leib. Plötzlich sah sie noch verängstigter aus als zuvor. Wenn das überhaupt möglich war.

193

»Ich glaube, sie weiß, was auf sie zukommt«, sagte er lachend. »Lustige Geschichte, pass auf!«, forderte er mich auf. »Ich verlangte von ihr, diesen Welpen zu zertreten. Ihm den winzigen, süßen Schädel zu zermatschen.« Kuru breitete die Arme aus. »Sie hat es nicht getan. Hat sich geweigert. Als Strafe verlor sie die Finger, die Taylor ihr abschneiden sollte. Und weil er zu blöd war, amputierte ich ihm den Schwanz. Kinderleichte Regel: Mach das, was ich von dir verlange, dann wird dir nichts passieren. Wenn ihr tut, was ihr wollt, habe ich keine andere Wahl, als euch wehzutun!« Den letzten Satz schrie er hinaus.

Hatte das sein Vater zu ihm gesagt? Möglich. Auch mein Onkel hatte stets das gleiche Gesäusel von sich gegeben, das mich noch heute triggerte, wie ich in Max' Fall bemerkt hatte.

»Also«, sagt er, rückte seine Kleidung zurecht, schob den zertrampelten Kuchen zur Seite, öffnete die Tür und warnte mich: »Keine Spielchen. Deine Kleine weiß, was ich mit Leuten mache, die mich angreifen. Du hast selbst gesehen, dass mich eure Leben einen Scheiß interessieren.«

Er ging hinaus. Meine Beine zuckten, ich war dabei aufzustehen, als ich eine hektische Bewegung aus den Augenwinkeln wahrnahm. Es war Ronja, die den Kopf schüttelte.

»Tu das nicht!«, flüsterte sie. »Sonst tötet er uns beide!«

Die Eindringlichkeit in ihrer Stimme hielt mich davon ab, Dummheiten zu machen. Mein Tod war gewiss, das Leben meiner Tochter konnte ich aber retten. Je nachdem, welches Rätsel er uns aufgab.

Wider den Willen meines Körpers blieb ich auf dem verdreckten Boden sitzen. Kuru kehrte mit einem
194

Rollwagen zurück. Was obenauf lag, konnte ich aus meiner Position nicht erkennen. Ronja kannte diesen Wagen, das zeigte ihre Reaktion. Sie wirkte wie ein verschrecktes Reh. Ganz so, wie ich mich verhalten hatte, wenn Onkel Herbert in unser Zimmer kam.

»Ihr seid bestimmt gespannt zu erfahren, was die Aufgabe ist, nicht wahr? Wobei ich mir bei Ronja sicher bin, dass sie weiß, was kommt.« Er ging zu ihr, schloss ihr die Handschellen auf und richtete die Pistole auf sie. Dann trat er ein paar Schritte zurück, deutete auf mich. »Töte deinen Daddy. Welche Waffe du wählst, überlasse ich dir. Du hast zehn Minuten.«

Die Welt stand still. Ich fiel in ein Loch. Und fiel. Und fiel.

Hat er das wirklich gesagt?

Verlangt er das wirklich von ihr?

»Wenn du möchtest, dass deinem Papi einer abgeht, iss ein Stückchen von ihm. Tu ihm den Gefallen.« Augenzwinkernd lächelte er sie an. Aus jeder Pore sprühte sein Wahnsinn. Er war kaum zu übersehen. Mein Kind und ich rührten uns nicht. Der Schock über diese Aufgabe machte uns unfähig zu handeln.

Kuru griff ein. Er stürmte auf Ronja zu, packte sie am Handgelenk und zerrte sie zum Rollwagen.

»Nimm das Messer, falls du sehen willst, wie dein Vati einen Ständer bekommt.« Er zwang es ihr in die Hand. »Mach schon!«, forderte er schreiend. Jetzt, wo er kurz davor war, das Spiel zu gewinnen, drehte er durch. Sein Kopf lief hochrot an, in seiner Hose befand sich eine Beule. Dieser Mann war beileibe noch kaputter als ich. Aber wer war ich, das zu entscheiden? In den unschuldigen Augen meiner Tochter, die mich anders sahen als zuvor, war ich keinen Deut besser als Kuru.

195

Der schob sie in meine Richtung. Das Messer in Ronjas zarter Hand zu sehen, ließ mir Tränen über die Wangen laufen. Das, was ich von ihr verlangte, ging mir kaum über die Lippen: »Tu es. Töte mich. Ein Stich ins Herz. Das geht schnell.«

Ronja wimmerte, wehrte sich gegen Kuru.

»Mach schon! Daddy will es! Hörst du? Er fleht darum. Er ist eben ein Schweinchen, das sterben will. Ihm macht das nichts aus. Das ist sein Wunsch. Also erfüll ihn. Dann wirst du leben. Ich verspreche es. Bevor sein Blut gerinnt, bist du bei deiner Mami.«

»Tu es!«, redete ich ebenso auf sie ein. Ich berührte ihren Arm, umfasste ihn mit schwitziger Hand. »Es ist okay.« Ich strich ihr übers Gesicht. »Stich zu, damit du weiterlebst. Ich liebe dich.«

Ihre Augen füllten sich mit Tränen. Obwohl sie vor mir stand, drückte Kuru sie mir entgegen. Seine Gier troff aus ihm. Immer wieder leckte er sich über die Lippen, forderte Ronja auf, es zu tun.

»Die Zeit läuft!«, schrie er hysterisch. »Fünf Minuten! Wenn du mich weiter verärgerst, ändere ich die Regel und reduziere auf eine. Und du stirbst auch! Also mach!«

»Es tut mir leid«, flüsterte sie und hob das Messer.

»Ist in Ordnung, Kleine. Es muss sein.«

Ich war bereit und erwartete den Tod. Dass Kuru sein Wort halten und Ronja gehen lassen würde, musste ich so glauben. Was hatte ich für eine Wahl? Würde ich den Helden spielen, würde sie ebenso sterben.

Nicht ich war es, der ihn spielte. Plötzlich wirbelte Ronja herum. Kuru schrie. Ein Schuss löste sich aus der Pistole. Beide fielen zu Boden.

»Was zum …?«, kreischte ich und sprang auf. Das Messer steckte in Kurus Bauch. Die Waffe hatte er fallen

196

lassen, sie war in meine Richtung geschlittert. Ich nahm sie an mich.

Ronja lag neben ihm. Sie blutete.

»Schatz? Hörst du mich?« Ich hob ihren Kopf. Sie schaute mich aus wachen Augen an. »Wo bist du verletzt?«

Sie hob ihre fingerlose Hand. Ein Loch in der Größe einer Walnuss war in der Mitte.

»Ich fasse es nicht!«, sagte ich und küsste sie überglücklich auf die Stirn. »Wir haben es geschafft!«

»Noch nicht ganz!«, brummte Kuru und erhob sich wankend. Der Messergriff ragte aus seinem Bauch. »Das Spiel ist erst zu Ende, wenn ich das sage!« Er bediente sich am reichhaltigen Sortiment der Folterinstrumente auf dem Rollwagen. Seine Wahl fiel auf ein Beil.

»Such den Weg nach draußen und wähl den Notruf!«, forderte ich Ronja auf und gab ihr Kurus Telefon. »Die PIN ist mein Geburtstag und jetzt hau ab!« Ich zog sie auf die Beine und stieß sie in Richtung Tür.

»Das ist gegen die Regeln!«, brüllte Kuru und stürmte los.

»Bleib stehen!«, drohte ich und zielte auf ihn.

Er gehorchte. »Was willst du machen? Mich abknallen?«

»Zum Beispiel«, war meine Antwort und ich drückte ab. Ein Klacken ertönte.

»War meine letzte Kugel«, sagte er kichernd. »Ich hätte euch nicht beide erschießen können, hättet ihr mich angegriffen.«

»Du bist irre!«, schimpfte ich.

»Ich liebe eben das Risiko. Und jetzt geh mir aus dem Weg! Ich hole mir meinen Gewinn!« Wie ein Wilder

197

stürmte er auf mich zu, das Beil über den Kopf erhoben. Ich wich aus, ergriff einen Hammer vom Rolltisch.

Anstatt sich zu mir umzudrehen und gegen mich zu kämpfen, spurtete er aus dem Raum.

»Ronja, lauf!«, schrie ich und wetzte ihm hinterher. Er war flink und kannte sich aus. Ich holte auf, machte einen Ausfallschritt und traf ihn an der Hacke. Er strauchelte vorwärts. Brüllend vor Ärger stürzte er, knallte auf das Messer. Es bohrte sich tiefer in ihn hinein. Er rollte vor Schmerz hin und her und lachte dennoch.

»So endet es. Als Verlierer. Nicht das, was ich mir vorgestellt habe, aber was solls. Ruf die Bullen, damit sie mich festnehmen. Dann habt ihr alle was davon.«

Das war nicht mein Plan. Absolut nicht. Der Mann, der wehrlos vor mir lag, hatte anderes verdient. Er hatte meiner Tochter Angst gemacht und ihr wehgetan. Hatte wahllos Menschen entführt und sie getötet. Ihn sollte ich einfach der Polizei übergeben? Nein! Ich war kein gewalttätiger Kerl, aber wie ich bei Max gesehen hatte, brauchte es nur den richtigen Auslöser, um meine Dämme brechen zu lassen.

»Ich mache jetzt die Regeln. Dein Gewinn ist mit Sicherheit nicht ein Leben in einem Bundesgefängnis.« Breitbeinig stellte ich mich über ihn.

»Was hast du vor?«, fragte er. Und es stimmte mich über alle Maße froh, dass auch ein Verrückter wie er Angst kannte. Seine Stimme zitterte, er versuchte, von mir wegzukommen. Ich ließ ihn nicht.

Der Hammer traf seine Stirn. Kuru verdrehte die Augen. Schielend blickte er zu mir auf. Wieder und wieder sauste das Werkzeug auf ihn hinab. Sein Schädel brach. Gehirnmasse quoll heraus. Ich hörte erst auf, als ich die zarte Stimme meiner Tochter vernahm.

198

»Papa?«

Ich schaute auf. Mein Kind stand verängstigt da. Ronjas Blick wanderte von mir zu Kuru. Sein Gesicht war nicht wiederzuerkennen. Ich hatte ihm die Identität geraubt. Meine Hände und meine Kleidung waren bedeckt mit Blut. Ich machte wankende Schritte auf Ronja zu.

»Er ist tot. Er kann dir nichts mehr antun!«

Sie rannte davon. Die Angst vor mir trieb sie fort. Wie versteinert blieb ich stehen. Ich lehnte mich gegen die Wand, rutschte daran herunter und saß neben Kurus zerstörtem Kopf. Ich wartete dort, bis sich das Geräusch von Sirenen näherte, bis Beamte mit erhobenen Waffen das Gebäude stürmten und bis sie auf mich zielten und sich ein bekanntes Gesicht seinen Weg durch sie bahnte.

Es war Tomas. Er sprach mit mir. Ich hörte seine Worte, verarbeitete sie aber nicht.

Dann nahmen sie mich mit.

Kapitel 24

Ein paar Wochen später

Als ich das Zimmer betrat, sprang Ronja vom Stuhl auf, lief zu mir und stürzte sich in meine Arme. Wir drückten uns fest und lang. Gesehen hatte ich sie zuletzt selten. Die wenigen Treffen genossen wir aber in vollen Zügen.

So wie heute. Auf dem Tisch stand eine Geburtstagstorte. Chris hatte sie besorgt. Mein Bruder gratulierte mir und umarmte mich.

»Einundvierzig«, sagte er. »Letztes Jahr dachte ich: Mein Gott! Rob wird vierzig! Hilfe! Er wird alt!« Lachend schlug er mir auf den Rücken. »Dieses Jahr ist das noch schlimmer!«

Auch Gassi beglückwünschte mich. Das waren alle. Mehr Gäste kamen nicht zu meiner Party. Diese drei waren die Einzigen, die zu mir hielten und über das hinwegsahen, was in den vergangenen Monaten geschehen war. Sie akzeptierten, wer ich war. Und ganz ehrlich? Damit war ich zufrieden. Damit konnte ich leben. Sie hatten zu den wichtigsten Menschen gezählt, bevor das Drama seinen Lauf nahm, und sie waren es auch heute noch. Bine, mein Ex-Angestellter Patrick und all die übrigen Freunde und Bekannten konnten mir gestohlen bleiben. Sie hatten sich mehr auf die Schlagzeilen in den Zeitungen verlassen, als sich meine Geschichte anzuhören. Hätten sie mir die Chance gegeben, mich ihnen zu erklären, wie ich es bei Ronja, Chris und Gassi getan hatte, wäre ihr Bild des abartigen Psychopathen, der Schwanz und Klöten einem Kannibalen opferte, ein anderes gewesen.

Die sexuelle Befriedigung durch Schmerzen, Seilspielchen und Würgen hatte dank Büchern wie *Fifty Shades of*

201

Grey ihren Platz in der Gesellschaft gefunden. Für Menschen meines Schlages war es noch zu früh. Den Gedanken wollten die meisten nicht einmal zulassen. Es war für sie widernatürlich. Basta.

Das war mir, wie bereits erwähnt, ehrlich egal. Meine Tochter war bei mir, das stimmte mich überglücklich. Die Hand musste ihr komplett amputiert werden. Trug sie mir das nach? Machte sie mich dafür verantwortlich? Hasste sie mich? Nein, das tat sie nicht. Sie liebte mich. Mehr als zuvor. Unsere Erlebnisse mit Kuru hatten uns zusammengeschweißt und Ronja in ihrer Persönlichkeit eher gestärkt als geschwächt. Zu sehen, welches Grauen auf der Welt existierte, hatten ihren Charakter und den Wunsch, Ärztin zu werden, gefestigt. Allerdings wollte sie nicht mehr den Pfad der Chirurgin einschlagen, sondern sich der Psychologie widmen.

Sie hatte vor ein paar Wochen zu mir gesagt: »Vielleicht finde ich heraus, was da drin los ist.« Zur Verdeutlichung ihrer Worte hatte sie mir gegen die Stirn getippt.

Ich hatte gelacht und geantwortet: »Mir selbst ist nicht klar, was kaputt ist, wie willst du das verstehen?«

»Es gibt Mittel und Wege«, hatte sie angedeutet und gekichert.

Was sie damit gemeint hatte, verriet sie mir nicht, aber ich tippte auf Psychopharmaka oder Stromschläge. Zuzutrauen wäre es ihr. Jedenfalls würde ich sie bei ihrem Berufswunsch tatkräftig unterstützen, und wenn das hieß, dass Ronja ihre Doktorarbeit über ihren bekloppten Vater schreiben würde: Bitte schön. Da wäre ich dabei!

Wir setzten uns an den Tisch. Er war stilvoll gedeckt und auf der Torte brannten zwei Kerzen. Eine in Form einer Eins und eine sah aus wie eine Vier. Jemand hatte

202

sich einen Spaß erlaubt und anstatt der Einundvierzig eine Vierzehn daraus gemacht.

»Die Überraschung ist euch gelungen«, sagte ich und lächelte meinen Besuch an. »Schön, dass ihr da seid. Ihr wisst gar nicht, wie sehr mich das freut.«

Und ob sie das wussten. Schließlich war ihnen nicht verborgen geblieben, wie die breite Masse mit Menschen wie mir umging. Sie selbst wurden von anderen schräg angeschaut, wenn Außenstehende mitbekamen, dass sie mit mir Kontakt hatten.

Bei meiner Tochter hatte das Mobbing wegen mir so stark zugenommen, dass sie die Schule wechseln musste. Die neue war in der Nachbarstadt. Die Fahrt mit Bus und Bahn war lang, aber immerhin kannten die Mitschüler Ronja nicht. Sie brachten sie nicht mit dem Fall aus den Medien in Verbindung, bei dem ein Mann verspeist werden wollte und bei dem am Ende fast sein Kind gestorben wäre. Ganz zu schweigen davon, dass ich einen Menschen beinahe totgeschlagen und einen anderen definitiv aus dem Leben befördert hatte. Max hatte sich von seinen Verletzungen erholt, aber Kuru würde nie wieder jemandem etwas zuleide tun. Dafür hatte ich gesorgt.

»Tomas Ratz und Hanna Sturm lassen dir Glückwünsche ausrichten«, sagte Chris. »Sie kommen in den nächsten Tagen vorbei, um letzte Einzelheiten zu klären.«

Die Kommissare hatten mich aus dem leer stehenden Gebäude geführt wie einen Schwerverbrecher. Auf dem Revier hatten sie mir heimlich gedankt. Kurus Mordserie hatte ein Ende. Den Ruhm dafür, dass Kuru zur Strecke gebracht wurde und die Angehörigen Gewissheit über den Tod der Opfer erhielten, heimsten die Polizisten ein.

203

Ich gönnte es ihnen. Schließlich war ich nicht Sherlock Holmes, das Supergenie, das den Fall mit purer Intelligenz gelöst hatte. Vielmehr war ich ein Vater, der alles dafür getan hatte, sein Kind zu retten. Und das war mir gelungen. Mehr zählte für mich nicht. Außerdem hätte das die Meinung der Leute über mich nicht geändert. Ich war und blieb ein widerliches Schwein. Ob ich nun ein anderes gestoppt hatte oder nicht, wäre ihnen am Arsch vorbeigegangen.

»Wie geht es dir?«, fragte Gassi.

»Ganz okay. Die Therapie hilft. Zumindest in Ansätzen. Heute ist mein Geburtstag, lasst uns nicht darüber reden. Lasst uns lieber Spaß haben und den Kuchen genießen!«

Als Chris ihn anschnitt und mir ein Stück der saftig aussehenden Schokoverführung überreichte, überrollte mich die Erinnerung an Kuru. Sofort war ich wieder in dem Raum. Ronja saß verletzt und weinend auf dem Bett. Der Irre aß den Bienenstich und forderte sie auf, mich zu töten.

»Papa, alles in Ordnung?«, fragte sie.

»Ich … hab kurz nachgedacht«, sagte ich.

Meine Tochter hakte nicht nach. Das musste sie nicht. Sie selbst hatte diese Flashbacks, die sie zurück an den Ort brachten, an dem ihre Kindheit ein jähes Ende genommen hatte. Wir beide litten unter der bekannten posttraumatischen Belastungsstörung und wurden deswegen behandelt. Ronja machte Fortschritte, bei mir stockte es, weil der Versuch des Therapeuten, meinen Wunsch, gegessen zu werden, gleichzeitig zu behandeln, mich immer wieder ablenkte. Geeignet war dieser Wicht nicht, um mit jemandem wie mir umzugehen. Wen kümmerte das? Wenn mich das schon nicht scherte, wen sollte es dann interessieren?

Denn auch wenn meine Gäste bei mir waren und mich regelmäßig besuchten, lebten sie dennoch ihr eigenes Leben. Ich war nur der irre Papa, Bruder, Ex-Chef, bei dem man sich ab und an mal blicken ließ.

Sei nicht ungerecht!, schimpfte ich mit mir. *Sie sind heute da. Genieße die Zeit, solange du kannst.*

Wir quatschten und lachten, aßen den Kuchen bis zum letzten Krümel auf. Uns war kotzübel und unsere Bäuche drückten gegen den Hosenbund. Aber wir waren glücklich. Ich war glücklich. Für einen kurzen Moment meines derzeitigen Daseins.

»Wir sehen uns nächsten Monat«, sagte Chris und umarmte mich. »Du weißt, wir würden öfter kommen ...« Er breitete die Arme aus.

»Schon in Ordnung. Es bedeutet mir viel, dass ihr mich nicht vergesst.«

Ich begleitete sie bis zur Zwischentür. Sie gingen hindurch und sie schloss sich hinter ihnen. Ein letztes Winken und sie waren fort. Ich rannte in den Aufenthaltsraum. Mein neues Ritual. Zwischen den Gitterstäben entdeckte ich meine Liebsten, die auf dem Parkplatz angekommen waren. Sie wussten, dass ich hier stand. Es war nicht ihr erster Besuch in der forensischen Psychiatrie. Sie winkten mir, stiegen ins Auto und fuhren davon. In einem Monat würde ich sie wiedersehen. Mehr Treffen erlaubte man mir nicht. Wir durften nicht darüber reden, was geschehen war, denn mein Prozess hatte noch nicht begonnen.

Die Psychologen wollten herausfinden, was mit mir nicht stimmte und ob ich schuldfähig oder schuldunfähig war. Klar war, die Justiz plante, mich hinter Gitter zu

205

bringen, weil sie Sorge hatte, ich sei eine Gefahr für die Allgemeinheit. Wie konnte ich das nicht sein? Schließlich war ich krank, hatte einen Mann schwer verprügelt und einen anderen getötet. Warum ich das getan hatte, war nebensächlich.

Die Leute, die mein Einsperren vorangetrieben hatten, waren jene, die mir heimlich gedankt hatten. Besonders Tomas Ratz hatte sich mit ganzer Kraft dafür eingesetzt, dass ich in die Psychiatrie kam. Das hatte er angekündigt, nicht wahr? Der Staatsanwalt Brian Colwell hatte alles Weitere in die Wege geleitet.

Und hier saß ich. Hinter Gittern bei Straftätern, die gehörig einen an der Waffel hatten. Gegen manche von ihnen war selbst Kuru ein Waisenknabe gewesen. Da war Bernd, der Stecher, der seine Opfer gepfählt hatte, als wären sie Grillgut. Oder Peer, der Brenner, der Frauen mit einem Bunsenbrenner Stück für Stück bis zur Unkenntlichkeit verbrannt hatte. Die meisten hatten während der gesamten Prozedur gelebt, weil er sie mit Infusionen und Drogen, die den Schmerz betäubten, am Leben gehalten hatte.

Und nebenan, im Damentrakt, da gab es Tina, die Täuferin, die Kinder auf der Säuglingsstation im Krankenhaus im Waschbecken ersäuft hatte, weil sie behauptete, der liebe Gott habe sie dazu gezwungen.

Ich war also beileibe nicht der Verrückteste hier. Vor allem hatte mein Wahnsinn niemandem schaden sollen. Aber das war das Problem. Genau das war passiert und dafür erhielt ich meine Strafe. Und die würde nicht die sein, dass ich wie ein Tier im Käfig saß, sondern die, dass mein Wunsch, gegessen zu werden, für immer unerfüllt bleiben würde.

206

So blieb mir nur, am vergitterten Fenster zu stehen und mir einen Teil des Refrains des Liedes, das Kuru mir geschickt hatte, vorzusagen: *»My one desire, my only wish, is to be eaten.«*

Nachwort

Hallo, wie ich sehe, haben Sie das Ende von *Eaten* erreicht. Und? Hat es Ihnen gefallen? Ich hoffe, Sie hatten genauso einen Spaß beim Lesen wie ich beim Schreiben.

Ich konnte mich sehr gut in Robs Lage hineinversetzen. Nein, nicht so, wie Sie jetzt vielleicht denken. Essen lassen will ich mich natürlich nicht, dennoch trieb mich eine Sucht an, als ich die Geschichte schrieb.

Kurz bevor mir die Idee zu *Eaten* kam, hörte ich auf zu rauchen. Der Nikotinentzug hatte mich also voll im Griff. Als ich dann eines Tages mit meinem Mann Darts spielte und meine Playlist mein Lieblingslied *Eaten* von der Band Bloodbath abspielte, knallte mir die Idee zum Buch förmlich in den Kopf.

Den Text vom Lied kannte ich seit vielen Jahren und immer dachte ich, das wäre doch eigentlich ein cooles Thema für ein Buch, aber es fehlte die zündende Idee. Und die kam mir wie gesagt, während wir am Dartboard standen. Sofort hatte ich Rob vor Augen, der seiner Gier, seiner Sucht, seinem Verlangen kaum noch widerstehen kann und sich irgendwann kurz davor wähnt, sein Ziel zu erreichen. Aber wer meine Geschichten kennt, weiß, dass ich dazu neige, meine Charaktere, den Sieg über Monster, Serienkiller oder auch über sich selbst nicht erringen zu lassen. Deswegen wird der arme Rob wohl auch noch in Jahrzehnten davon träumen, wie es sein könnte, zu sterben, während ein anderer ihn aufisst.

So viel dazu, wie ich auf die Idee kam.

Kommen wir nun zu den üblichen, langatmigen und sich immer wiederholenden Danksagungen und Lobeshymnen. Aber was soll ich machen? All diese Menschen

208

haben meinen Dank nun einmal verdient und ich werde nicht müde, ihn ihnen auf die Nase zu binden.

Kämen wir da zu meiner Queen. Zu der Herrscherin meiner Kindheit. Zu der Frau, die ich während der Pubertät abgöttisch liebte, die mir mit ihrer Strenge aber auch ab und an auf die Nerven ging. Ich denke, das ist der normale Ablauf zwischen *Mudda* und Tochter, wenn die Hormone beim Kind einschlagen wie eine Bombe. Heute, im Alter von achtunddreißig, liebe ich sie nur noch abgöttisch. *Mudda*, vielen Dank für alles!

Und mein Dank gilt auch meinem *Vadder*. Mit noch strengeren Regeln ausgestattet als meine *Mudda*, ging auch er mir manchmal auf die Nerven, dennoch ist meine Liebe zu ihm heute wie damals riesengroß, und das durch alle Höhen und Tiefen.

Also, *Mudda* und *Vadder*: Ihr habt alles richtig gemacht. Ich bin froh, dass ihr im Gegensatz zu Robs Eltern eure Kinder geliebt, euch um sie gesorgt und jedes Weihnachten nach ihren Wünschen gestaltet habt.

Dann kommt mein Bruder, der Typ, den ich in meiner Kindheit mehr hasste als liebte. Heute hat sich das zum Glück komplett gedreht und ich hasse ihn nur noch, wenn er mir beim wöchentlichen Zocken auf den Sack geht. Vielen Dank!

Und ein großer Dank geht an meinen Mann, der, genauso wie Rob, der beste ist, den man sich wünschen kann. Bei ihm bin ich mir sicher, dass er nicht einen ähnlichen Wunsch hegt wie Rob. Und falls doch … Kein Problem, ich wollte schon immer mal Menschenfleisch probieren. Schmeckt ja angeblich wie Hühnchen.

Zum Schluss möchte ich meiner süßen Lektorin Stefanie Maucher danken. Soll ich Ihnen ein kleines Geheimnis verraten? Sie ist nicht so böse, wie ihre Bücher vermuten lassen. Sie ist weich wie ein Softkaramell und ein superlieber Mensch.

Warum muss ich bei Softkaramell auch an Silvia Vogt denken? Mag daran liegen, dass sie ein genauso superlieber Mensch ist wie Stefanie und genauso süß. Nicht wahr, meine kleine Leckmuschel? Also, vielen Dank ins Korrektorat, zu dem natürlich auch der liebe Simon Kossov gehört.

Zum Schluss möchte ich noch dem gesamten Redrum-Team danken und natürlich Ihnen, liebe Leserinnen und Leser. Ich hoffe, wir sehen uns in meinem nächsten Buch wieder.

Bis dahin

Ihre Mo

VERLAGSPROGRAMM

www.redrum.de

1. Bizarr: *Baukowski*
2. 50 Pieces for Grey: *A.M. Arimont*
3. Koma: *Kati Winter*
4. Rum und Ähre: *Baukowski*
5. Hexensaft: *Simone Trojahn*
6. Still Morbid: *Inhonorus*
7. Fuck You All - Novelle: *Inhonorus*
8. Das Flüstern des Teufels: *A.M. Arimont*
9. Kutná Hora: *André Wegmann*
10. Die Rotte: *U.L. Brich*
11. Blutwahn: *André Wegmann*
12. Helter Skelter Redux: *A.M. Arimont*
13. Badass Fiction: *Anthologie*
14. Bloody Pain: *Elli Wintersun*
15. In Flammen: *Stefanie Maucher*
16. Denn zum Fressen sind sie da: *A.C. Hurts*
17. Die Chronik der Weltenfresser: *Marvin Buchecker*
18. Psychoid: *Loni Littgenstein*
19. Geisteskrank: *Marc Prescher*
20. Sweet Little Bastard: *Emelie Pain*
21. Süchtig nach Sperma: *Marco Maniac*
22. Badass Fiction 2019: *Anthologie*
23. Human Monster: *Stephanie Bachmann*
24. Wut: *Alexander Wolf*
25. Perfect Match: *A.C. Hurts*
26. Harlekin: *Loni Littgenstein*
27. Nachts, wenn die Lämmer schreien: *Anais C. Miller*
28. Hexenwerk – Die 13: *Moe Teratos*

REDRUM loves you!
REDRUM liebt dich!

Besuchen Sie jetzt unsere Facebook-Gruppe:

REDRUM BOOKS - Nichts für Pussys!

www.redrum.de